MINGUOWUXIAXIAOSHUO
DIANCANGWENKU

民国武侠小说典藏文库

张个侬卷

现代武学大观

第二部

张个侬 著

中国文史出版社

目　　录

第一回　铩羽归来苦练枪法

　　　　弹丸飞去欣获名驹 …………………………………… 1

第二回　十年艺成归途逢奇丐

　　　　一语喝破中道解纠纷 ………………………………… 20

第三回　快刀割乱麻快人快语

　　　　豪兴飞酒杯豪客豪情 ………………………………… 28

第四回　逞强暴耀武扬威

　　　　奋义勇追奔逐北 …………………………………… 36

第五回　剜肉医疮袁克昌举债

　　　　见色思淫南宫学兴谋 ………………………………… 47

第六回　使奇谋巧言欺愿上

　　　　贪厚赏狠心卖良朋 …………………………………… 55

第七回　口蜜腹剑鼓舌如簧

　　　　狠心辣手推人下水 …………………………………… 62

第八回　突如其来强盗捕快

　　　　倏然而去友人仇家 …………………………………… 70

1

第 九 回　举两雄孀妇幸有后

　　　　　下说辞豪仆作冰人 ……………………… 80

第 十 回　恶奴作媒讨没趣

　　　　　义士任侠防暴客 ………………………… 87

第十一回　追刺客代人报仇

　　　　　杀豪霸与众共弃 ………………………… 93

第十二回　推己及人因母全子

　　　　　抱恨终天为父丧命 ……………………… 104

第十三回　急父仇孝子短命

　　　　　成祖志贤孙习武 ……………………… 113

第十四回　传棍法类及诸般艺

　　　　　习剑术精研内外功 ……………………… 124

第十五回　修旧怨老祖携幼孙拜寿

　　　　　演情剧和尚与尼姑结婚 ……………… 187

第十六回　有愿莫偿一对可怜虫

　　　　　古井不波无计奈何天 ………………… 201

第十七回　小姐逃禅婢代主嫁

　　　　　老僧留客妹即兄谋 …………………… 210

第十八回　警顽固凭佛法神权

　　　　　除妖魔仰刀光剑影 …………………… 217

第十九回　平苗乱老衲助官兵

　　　　　扶灵柩小侠归梓里 …………………… 226

第二十回　欺心赖债遇神偷

　　　　　报仇雪恨有剑侠 …………………… 233

第二十一回　真孝子庐墓卫遗骸

　　　　　　大侠客飞剑斩贼酋 ……………………… 239

第二十二回　慕虚荣佳偶成怨偶

　　　　　　用法术逆妇变贤妇 ……………………… 246

第二十三回　遭符咒服罪成贤孝

　　　　　　遵师训出家学神仙 ……………………… 252

跋 …………………………………………………………… 262

第一回

铩羽归来苦练枪法
弹丸飞去欣获名驹

枪歌：

白拿应站立属前，迎风对敌闯心猿。回手避遮能救护，代蟒翻身脱逃难。窝手翻枪生变化，曲折回环巧无端。进退回环千万绪，缥缈盈虚妙难言。行云密布谁参会，千枪尽作一枪传。

又中平枪枪法歌：

中平枪，枪中王，高低远近都不妨。高不拦，低不拿，当中一点难遮架。去如箭，来如线，指人头，扎人面，圈里扎，圈外看，圈外扎，圈里看，高低远近都要见。你枪发，我枪拿，你枪不动我枪扎。枪是缠腰锁，先扎手和脚，扎了脚和手，闭住五等都格口。他法行，随行法，中平六路总，变化有多般，疾上又加疾，扎了还嫌迟。枪有三件大病，一身法不正，是一大病；当扎不扎，是二大病；三

1

尖不照，是三大病（三尖不照：乃上不照鼻尖、中不照枪尖、下不照脚尖也。能照，力能免病）。

话说沐大公见老妈来诘，问有何事，才知是岳夫人因女婿、女儿一行人才到，路上未吃东西，怕他们饿了，所以特地吩咐先传素饭菜、点心给他夫妻、小孩儿及差去报信的人和老妈等吃（丈母体贴女婿，每多如此）。沐大公遂即到里面去同他老婆一齐吃素菜饭食，喜儿由老妈抱着，给了他半个点心唅着。

吃过饭，岳夫人与沐大公商议，该当如何扶柩回籍安葬。久住此地作客，生者、死者均不甚安。

沐大公即问岳母："岳父在此任职已久，生前交游的人当然不少，不知曾否已经在此地开过吊？"

岳夫人回说："尚未曾开过吊。因为孩子年幼，自己又精神欠佳，顾内难顾外，无人照应，所以尚未曾。本想等贤婿到此后再酌定的，现在请贤婿给我做主吧！"

沐大公道："讲到面子，当然须在本地任上开回吊，再扶榇回家安厝。到滇池后，再在家乡地方开一回吊（女婿给大人要面子，可谓要的双料）。里面有你老人家和她照应（她者谁乎？家主婆之代名词耳，思之绝倒），谅无什么照应不到的（然则夫人老矣，令正之能可谓能之至者）。外面有小婿及其余请来帮忙的人，亦没甚不便，在此地人手少些，比较在滇池开吊，当然比此地要讨巧些（为其亲友多也）。"

岳夫人道："好恰是好，但是多劳贤婿，使我心中不安（有令爱者，何不安之有哉）。"

沐大公道："岳母休得客气，这乃小婿的分内之事，应得效劳的（丈人的事女婿当然应该效劳，味此言也，可发一笑）。"

于是商议定妥，择日开吊举榇，先期发出讣告，并在庵中延请僧道，做法事超度岳逢吉（尼姑庵中和尚做道场妙绝）。守到开吊事毕，即便扶枢回转滇池，于灵榇起行之先，由沐大公伴着孝子，请人导引着前往各家去踵谢。谢毕赶上灵舆，一同登程进发，安然顺转滇池，在城外天宁寺里暂寄了灵枢，即在寺中做法事，并布置了孝堂，扎了白彩，补发本地亲族世姻友乡等谊的讣闻，择期设奠，并举殡安葬（寄枢城外寺中者，因清例非特许灵枢不能进城也，又此句暗写岳家住在城内）。

如此又忙了多日，直到送殡安葬后，方才完事。岳夫人带着儿子下人们一齐进城回转本宅，休养歇息，仍在家中设灵祭祷。

沐大公夫妻带着小孩儿、老妈也才回家休息。

过了几天，沐大公才离家动身，往成都去报柳公侠两次败已之怨。到得成都，打听得柳公侠已辞了差，现在本城设厂教授徒弟，因即径寻到柳公侠教授徒弟的场内来。两下见面后，即便交手，结果沐大公又被柳公侠所败（应前第二回书中之叙事）。

他这次又被挫辱，心中气苦，恍如火上浇油，惭恨已极，不好意思再到兴义去求高风指点。不但再败怕羞不去，兼因此忽然生疑，疑心高风念柳公侠有同门之谊，不肯尽心将看家本领教授，才致自己两败于柳公侠之手。因这一疑，遂不再往兴义（文有顿挫，盖不欲呆板也），一径回转家中，将以前所学的本领勤加温习，早晚子午苦练。一面悉心苦思，研求变化（到此渐有转机）。忽然想起："在昆明拾得的枪法，并未练过，现今已又有两次败辱，既不去求教高风师父，这枪法等书既已被我于无意中得来，岂可弃置不理呢？"因即查问他老婆那本书放在何处。他老婆虽系做官人家的女儿，可是并不识字，因岳逢吉是行伍出身，本来自己即识字有限，抱着个"女子无才便是德"的主见（是见也，利害兼有之），并不曾使他女儿读书。岳氏既不识字，当然不知那本书上说的些什么，但因曾翻阅过，见画有图式，心中略能知道是本教习使枪棒的书。

当时沐大公在昆明拾得后，因恐有遗失，所以即交付给岳氏收着。后因忙着办理岳逢吉的丧事，遂将这本书忘了。此时想起，问岳氏收在何处，岳氏回说："用纸另外包好，当日放在包袱里，带回来即放在衣橱内，你开橱即能看见。"

沐大公遂去开橱取出，打开纸包，拿到自己练功夫的房屋内去，揭开细看。只见第一张抄着枪法总歌，共有两首（参观本回所录之两歌）。歌后各有注解的小字，接着即是六合枪、八枪母两种紧要枪法。那八枪母的总诀道：

你扎我圈里，我拿枪（一）；你扎我圈外，我拦枪（二）；你圈里扎我脚，我提枪（三）；你枪起，我拿下（四）；你圈外扎我脚，我撸枪（五）；你枪起，我拦下（六）；我又扎你圈里（七）；你拿枪还枪，我拿枪（八）。

后注小字道：

八枪母者，无论枪法如何千变万化，总不出此八法也，因此八枪为一切枪法之根本，故名为母。

那六合枪法，乃是一合梨花摆头，二合凤点头，三合白蛇弄风，四合铁扫帚，五合拨草寻蛇，六合为总合截、进、拦、弹、拿、直六枪，并加六路花枪，中平四路枪法，及上五合枪法而成。梨花摆头枪法云：先有圈枪为母，后有封闭捉拿，拿枪救护，闪赚是花枪（一合）；凤点头枪法云：先有缠枪，后有拦枪，黄龙占杆，黑龙入洞，拿枪救护，闪赚是花枪（二合）；白蛇弄风枪法云：先有圈指，后有圈袖，鹞子拿鹌鹑救护，闪赚是花枪（三合）；铁扫帚枪法云：先有白拿，后有进步，如猫凑鼠、掤退救护，闪赚是花枪（四合）；拔草寻蛇枪法道：先有四封四闭，闪赚是花枪（五合）。

六合枪法歌诀之下，各注有动作的次序方法，其后便是画着枪法图式，并注有练习方法，共约十八式，每式各画一图，详说练法（参观《枪法动作姿势十八图解》）。

高吊四平枪式

此是初持枪之势，将枪托开，稍离胸前，以示其能。及临敌，则以枪低挨腰旁，而变中四平。法曰：枪是缠腰锁是也。

中四平枪式

枪中之王，诸式之首，招招祖此，而变化无穷。如你扎上，我即拿；你扎下，我即提撸；你扎左，我即拦；你扎右，我即拿。总此一招之所变化也。法曰：你枪发，我枪拿是也。

低四平枪式

你立中四平，为待守之法，我即用低四平，将枪入你枪下，用梨花摆头而进，便拿即拿，便拦即拦，格开你枪，随即扎你。或用白蛇弄风，仰掌阳持，将枪头低指，入你圈里；或覆掌阴持，指入你圈外，听便拿拦开你枪，随即扎你；或圈里圈外，挨靠你枪扎你，你犹能待守乎？法曰：你枪不动我枪扎是也。

6

青龙献爪枪式

　　式式之中，招招之内，单手扎入，无逾此着。我立诸式，听你上下里外扎我，我用掤、拿、钩、捉等法破开你枪，即进步单手探身发枪扎你。法曰：吃还还枪是也。

磨旗枪式

　　凡持枪，头高则犯拿拦；头低，则犯提撸。磨旗之式，枪头稍高，饵彼拿拦之法，你若拿拦，我即用闪赚花枪，圈里圈外扎你。法曰：闪赚花枪是也。

活掤对进枪式

我扎你圈里，你拿开我枪，扎我圈里，我颠步，闪左斜进，掤开你枪扎你。

活掤对退枪式

如你枪不动，我即扎你圈里，你拿开枪步扎我，我剪步跳出，随将枪高举，掤起你枪。以上二招，法曰：掤退救护是也。

8

死掤对枪式

我先拿你枪，单手探身扎你圈里，你拿开我枪，败于左，你枪疾速扎入，我前手不及持枪，唯将右手阳仰，往后斜，往一拉，掤起开你枪，前手即得持枪扎你也。

掤身退退枪式

我先拿你枪，单手探身扎你，用大封大劈格开我枪败于左，你即颠步而进，端枪扎入，其势雄其力大，我前手不及持枪，唯将右手斜举掤起头上而过，其身从右翻转，而退步，用也。以上二招，法曰：死中反活是也。

9

钩枪式

我先单手探身扎你圈外，你拦开我枪败于右，我前手不及持枪，唯将左脚顺势移于右边，左手持枪，仰掌一缩肘，贴在左胁下，钩开你枪扎你。法曰：无中生有是也。

抱琵琶枪式

将枪前手阳持缩弯，端抱怀中，无论你圈里圈外扎我，我即阴手挨挫你枪扎你，你或拿拦我枪，我将枪头低作地蛇枪。你扎我圈里或圈外，我用大封大劈端枪进步扎你。法曰：大封大劈，端枪是也。

10

地蛇枪式

我将枪头置地，你扎我圈里，我踮起双脚一拿，使你枪跌开于右边。待你持枪复左，我又踮起双脚一拦，使你枪跌开于左边。待你持枪复右，我又如前法一拿，复左，又一拦，顺其势力，使你不得持枪立势。法曰：铁扫帚是也。

铁牛耕地枪式

我将枪置地捺弯，你或圈里圈外扎我，我则将枪迸起挨枪扎你。法曰：你枪来，我枪去是也。

11

提枪式

我立四平，你圈里扎我脚，我将枪头低下，阳手提开你枪，你枪起，我一拿。你圈外扎我脚，我将枪头低下，挺住用腰力一摆，撸开你枪。你枪起，我圈里一拿，或圈外一拦，还枪扎你。如你用地蛇枪，我用提枪偷步插进，拨打惊起你枪，一拿一提，又拿又提，其声无间断，跟缠你枪，不使走脱也。法曰：拨草寻蛇是也，又曰迎封接进是也。

尽头枪式（一名美人纫针）

乃偷步上枪之法，我将枪低指进入，你扎上，我即拿；你扎下，我即提；你用提，我即起；你用拿，我即闪赚圈外扎你。法曰：他法行，随法行是也。

悬脚枪式

　　我立四平，你扎我脚，不拘里外，我即悬起脚，随落脚进步，还枪扎你。

法曰：不招不架是也。

诈败枪式

　　我立四平，圈里挨逼你枪，你扎我圈外，我一拦，随将身往后一倒，伪为败势。待你圈里扎我，我即迎回身，一拿开你枪扎你。法曰：佯输示败是也。

13

鹞子扑鹌鹑枪式

如你立四平，我拿开你枪，进步扎你。你拿开我枪，进步扎我，我剪步跳出，随即拿开你枪。法曰：鹞子拿鹌鹑救护是也。

看罢，将书收起，即往街上去买了根长枪回来，即先照着那书上的十八种姿势模仿，又照着八枪母、六合枪法练习。经过了十来天的穷思苦想，才将那枪法所有的字句理论完全了解，姿势动作演习活泼自如。如此逐日苦练，经过了许多时日，才能渐由会而熟，由熟而精，同时将剑法内功与太极内功参合同练，又将已往所习的各派长短拳每日继续不断地练习，于刀法、剑法、枪法之外，复又学练打镖、接镖、射箭、弹弓、飞石、掷英雄胆等等功夫，无不百发百中。除去白天练习，打射天空飞鸟，以及树头、屋上的无论什么目标以外，又于晚间黑暗之处，用一根香点着插在地上，远远发镖或弹丸，或石子打去，能将点着的一星之火打去。练到后来，劲愈练愈好，镖、弹等物能愈打愈远。最又喜的，即是一镖或一弹丸、一石子飞去，能将那香头火星打去，香仍旧直立在地上，并不断折粉碎（此劲功力实系可惊，非知者不能道只字）。

　　沐大公练到香不能断的成绩，心中欢喜欲狂（即读者亦为之欢喜不置）。话虽如此，但他因屡受柳公侠之败辱，心中却绝对不敢因此自满（能不自满，即是学问大进步处），于是益加奋勉。继续又苦练了多时，心忖："大约总可以将柳公侠打倒了吧（疑问语气)?"但怕仍不能如愿，遂又背起黄布包袱，做第二次出门访友的举动，目的在与人交手，增长自己的阅历，访求各地的名手指点本人的技击，顺便再做几件惊人的侠义事业，剪除些土豪恶霸，惩戒些贪官污吏，使得人人称快，方才不负自己的一向苦练。

　　当时他既抱着这种志愿，离滇池往四川省进发。这条路他在前已走过，并也访过当地的所谓名人，此次可算得是故地重游，照例去访那些名人时，彼此已经交过手，都曾相识。此次见着，当然是揖让相见，招待迎送。沐大公访旧的，乃是主意在请他们引荐引荐近来新产生出来的新人物，会那后来居上的英雄。愿望虽然如此，可是结果却并不曾能会着一两位高出己上的好手（先顿一句）。

　　那日，来到一处，地名唤作蟠龙山。离山五里，有所小集镇，地名即唤作蟠龙镇。沐大公在镇上打尖，休息了一会儿，给钱走出那馆子。忽见对面矮树上系着匹白马，那马浑身全白，遍体无一根杂毛，配着副半新不旧的鞍子，两只眼睛却是火眼金睛，鬃毛倒卷着，尾巴在臀后刷来刷去，四蹄不住地在地下踢来踢去，身材虽并不大，嘶声却非常响亮。从来英雄爱名马，爱宝剑。沐大公一见这匹马，即已认识是一匹名驹，不由赞声好马。因为好，遂又联想着这骑马之人（与高凤见刀想及买刀之人一般见识，前后辉映），因此立在门口呆望了一会儿，意在守那骑马的人来，看究竟是怎生一个人物。

　　正在这时候，却是从隔壁人家门内走出两人，前面那人年正少壮，穿着行装，身背包袱、弹弓，腰佩短刀，后随那人年已半百，

15

穿着短衣，手中提着个长大的包裹，同到马前。少年拱手称谢，从马背判官头上抽下鞭子，接了那中年汉子手中的长包裹，系好在判官头上，将背上的包袱系好在马鞍判官头上，解下缠绳，牵过来上了马背，又拱手向中年汉子道声谢，即将丝缠一领，用鞭梢轻轻在马背上击了一下。那马四足一起，即向市镇街头上去了，一会儿，已是不见。

沐大公见了，不由一怔，暗忖："那长包袱内明明是放着百宝囊，看那少年的行装，颇像是个夜行人物。既能骑乘这匹名马，当然是一位英雄了。这中年人既和他相识，当然是一等好汉（因马识人，因人又识人，可谓善于类推）。"想到此，便欲走过去和那中年人相见。

那中年人却像已知他要去厮见一般，回身走进屋内，将门嘭地关上了。沐大公心中好不扫兴，想走过去敲门，一转念："何苦来，他在门口并非不曾看见我，既见我背着黄包袱，忽然走了进去，将门关上，分明是不欲和我相见的意思，我何必定要拜访他呢（亦想得是）？"想到此，即移步走出市街，向前赶路。

走不多远，忽听见背后马蹄响，四方看时，却是那中年人手携弹弓，背插单刀，跨马跑来，遂侧立路旁让道。

那中年人追到面前，大声道："好个小辈，你背了黄包袱出门走道，居然敢如此托大，从我门前走过，不到我家来拜访我（"我"字响）！不要走，且见个高下了去（匪夷所思）。"说着，将手一拉弹弓，嘣一声，一粒弹丸照着沐大公的面门飞来。

沐大公不由大怒，忙将头一侧，让过来弹。哪知弓弦接着嘣嘣嘣地又响，连珠价飞来四粒弹丸。沐大公急将身体一蹲，让了来弹，托地跃到马前，从腰间拔出短刀，照着那中年人的马头一刀砍下。那人一带鬃毛，马身跃到一旁。那人即从马上跳下来，拔下背上单

16

刀，和沐大公交手。沐大公的刀法练习已久，尚未经过战阵，此番真乃他初试技能的机会，遂即抖擞精神，将刀法尽量地使将出来，应付着他，口中却喝问他的名氏。

战有几个回合，那中年忽然跳出圈外，喝声住手。沐大公收住身势，那中年人插刀在背，拱手唱了个无礼喏，笑盈盈地道："好汉子，果然值得与我交手，我们不打不成相识。"遂走近前来，伸手与沐大公拉手。口中又说："老兄勿要见怪，适才乃是我试老兄的胆力、本领的。"

沐大公见他前倨后恭，亦即收刀和他握手。两下互通姓名，才知那中年名唤雷震，是蟠龙镇的著名好汉，往年因受人聘请，在陕西、甘肃一带充当教师，新近方才回家。所以沐大公上次访友路过此地，并未见着，但是"雷震"二字大名却是已知。当下相见后，沐大公被雷震邀回镇上家中，款待酒饭，留住了一天，次日才送他动身。

沐大公顺便请问雷震，那少年是谁，才知少年名唤凌霄，是黑道中的一名小辈英雄，可惜本领虽好，行为不端，专好采花。"因在陕西省犯案太多，才逃到四川省来避风，路过此地，便道来访我。"沐大公听罢，暗记在心。

当日别后，即往前行，到晚住在一处镇市上的客栈里。半夜里忽听得客栈后进客栈财东的住宅里有女子声音大呼救命，接着又听嚷喊："不好了，新娘子被人杀了！"这呼唤的声音传进沐大公的耳内，不由打动了好奇心，遂起来查问。

店小二将所知的情形告诉他道："死者是我们东家的儿媳，乃是小东家新娶的媳妇，人生得个十分俊俏。不知如何，适才被一位采花的飞贼从屋上进她的卧房，要逼她成奸，被她狂呼救命。那飞贼情急，遂将她一刀杀死。等到东家家中上下人等闻声赶进房内去看时，飞贼已不见了。只见新娘子的尸首挺在床上，帐子被褥上统是血迹。”

沐大公听罢，心中一动，暗忖："这莫非就是凌霄做的吧！"

此时，店中各房的旅客先后闻声惊起，赶出来查问，听小二告诉沐大公的情形，便都走来听。沐大公心中正在忖度，忽见天井里月光中有个人影子一晃，不由一怔，遂不动声色地推说解溲，走到天井里，悄悄飞身上屋。看远远地有条黑影子向前飞跑，那身法非常快捷。

沐大公艺高胆大，逞勇飞身向那黑影子就追。猛见那黑影子一回身，把手一扬，飞来一支钢镖。沐大公忙伸手接住，向前再追。哪知即于这接镖的时间内一耽延，那影子已失却踪迹，不知去向。

沐大公回转客栈，轻轻跳下天井，幸喜大众都走到后进去看问采花杀人的新闻，不曾有人在此看见。沐大公回房将镖在灯下一看，镖上镌有一个篆体"霄"字，心中格外雪亮，遂收好在自己的囊中，关门吹灯安息。

次日起来动身，走有十来里路程光景，忽听得背后马蹄声响。沐大公立住足步，回身看时，那马已到了面前，赶着走向路旁让道时，那马已从面前走过去了，马上坐着的人正是那个少年凌霄。沐大公见了，不由心中转念，忽然动了杀心。遂将足步一紧，追将上去，从囊中一摸，摸出两粒英雄胆来，双手各拿一粒，照准凌霄的后脑勺上掷去。

凌霄听得后面风响，知有人暗算，忙勒马回头一望，两粒铁弹丸已同时迎面飞到。急向旁让时，一粒落空，一粒却不偏不斜正中在左太阳穴上，登时打破脑袋，哎呀一声，倒撞下马，脑浆直流，死在地上。那马却立着不动（写好马一句不走）。

沐大公跑到前面，怕凌霄不死，又在他小腹上踹了两脚，踢向

路旁田中去,这才将他的白马牵了,飞身上了马背,拍马向前而行。既杀了名采花恶贼,又白得了匹名驹,心中好不痛快。正是:

此举豪壮快心事,足令宵小见闻寒。

毕竟沐大公得马后如何,请待下回分解。

修竹庐主人评曰:

雷震见沐大公而回身进内关门者,盖已存试其艺之心矣。玩其语意,骄气凌人,使被其试者,艺不若沐,不亦殆哉!

于沐大公练枪法后,忽夹其叙练打镖接镖,不知者以为闲文,实则乃预为接凌霄之镖,与弹掷凌霄二事伏线耳。

每写沐大公一次寻柳公侠报复,中间必夹叙其一次任侠事,固不仅为避叙事呆板之病,且亦以作章法也。

沐大公枪法于原氏家祠中拾得,白马从凌霄坐下夺来,胥为意外之得,诚幸运儿哉!

第二回

十年艺成归途逢奇丐

一语喝破中道解纠纷

诗曰：

数四寻仇修怨来，如此报恨亦何为。

丐者一言道破后，憬然量小诲不该。

话说沐大公心中痛快，兼为急于离去凌霄的尸首所在，以免麻烦起见，故此两腿紧夹，纵马疾驰，如飞似的跑了一程，方才收住缰绳，按辔徐行。一路行程安然无事。

那日行抵成都，因有马匹行装，不比前番只背着个包袱，故此先去住店，落店安顿了包裹、马匹等物之后，即到柳公侠授徒练武的场所来。不料到得那里，门庭虽然依旧，里面人事已非，问了问这房子里所住的人家知不知柳公侠的下落，可巧这家人家是最近才搬来的外省人，因为主人寄迹官场，新奉派到成都来候补，仗着他的手腕灵活，善于钻头觅缝地逢迎巴结，肯花费金钱运动，所以不久即奉到委任，在成都任了首县。到委差后，特派专人回原籍家中去，将家眷人口全接到成都来居住。适巧那房屋空着，遂被赁去，所以他家并不知道有什么柳公侠、杨公侠（趣语）。

沐大公扑了个空，请问左右人家，才知柳公侠退租搬去已久，这房屋当这家人家之前，已另有一家人家住过（白云苍狗，变幻无常，亦人世之一小沧桑）。现在柳公侠已开设镖局，专走远镖，凡是贵重无人敢保的重镖，人家都请他保护，押送的保费虽比别家大，但稳妥却称第一（闲人口中虚写柳公侠当日之声势）。沐大公因即问明柳公侠所开的镖局招牌地点，谢别了说话的人，立即前往柳公侠的镖局里来。

恰值柳公侠保镖出门，不在局内，又扑了个空，好生扫兴。柳公侠的伙计请问他的姓名，找柳公侠有何事见教，沐大公毫无兴味，遂即说了句没甚事，便回身走了。他在成都原曾站过码头，收过徒弟，当初颇占势力，这时因欲打听柳公侠的确实消息，怕那镖局伙计受过柳公侠的吩咐，预防着自己，不肯说实话，所以即回到客店里，命人去传唤他往日所收徒弟中的几个佼佼者来，询问他们的近况，及这几年成都地方的青、红、黑、白四类人物的情形。问过这番事，即又问他们可知柳公侠的行踪。他们有的知道，有的不知。知道的随即照实回答，说："闻得柳公侠新近保着一支镖前往陕西省去了，大约不久总可以回来。你老人家要找他，不如就在此地住几时，等他回来了再去会他。他现在出门在外，威名颇大，专保各省的重镖，是否到了陕西即回来，或又从陕西押送银货往别处去，这本是镖师傅所常有的事，谁也说不定的。"

沐大公听罢，点了点头，即便定了主意，准备明日动身，从成都出剑阁，由汉中府往西安省城，一路迎将上去，如会不着柳公侠，即向各该当地的道中朋友打听，追着他的行踪而往，定可遇着。"如此多绕些路，倘再遇不着，即便往郫都他的家中去，劫取他家中的值价贵重的东西，留条约他到云南来找我，或是在路上遇着插着柳公侠镖局镖旗的货物，便劫夺它下来，如此定可激引他来寻我（急于

21

要寻柳公侠比武，报复往怨之心理如绘）。"沐大公边和徒弟们说话，腹中边定了主意。

当时众徒弟因沐大公初到，便醵资做东，公请沐大公上馆子。用过酒席，又于晚饭后请沐大公去洗澡。这班小抖乱，自从沐大公离成都之后，因靠山已无，失了势力，都一齐改投在别个手下，跟跟披头，呐喊捐旗，厮混着时光。现在见前辈来了，满望他老人家肯重整旗鼓，所以一致主张，请他在成都居住，守柳公侠保镖回来，彼此见个高下。沐大公看他们招待自己的拮据状况，即知他们远非往日跟着自己混世时的风光，不由动了感慨（居今思昔，能不唏嘘）。本定次早走的，只得缓了行程，当晚吩咐他们明日上午齐到客店里来。

第二天清早，各徒弟相约先后齐来，请过安后，立坐在旁。沐大公即打开自己所得凌霄的包裹，将所有现款一齐拿出来，计算了众人的数目，即将银钱照人数分派，分散给大家。劝他们从此以后，改悔前非，拿这点儿银钱做小资本，不要再做以往的空心事业，并说："有两句话，大家须要牢记勿忘的，乃是'善恶到头终有报，只争来早与来迟'两句古语。古人所言的诸恶莫作，众善奉行，亦望大家从此勉励遵守。"

沐大公剀切陈说，反复比解，劝大众改悔向善（愿读者亦众善奉行，诸恶莫作，并普劝世人均如此做，功德无量焉）。大家见前辈陡然洗手革心地彻底觉悟忏悔，不由一齐感悟，当即都唯唯答应。

沐大公并邀大众上馆子用中饭，算是祝贺大众从此向善之意。饭后，即与大众分别，回店收拾行装，结账动身。众徒弟感激盛意，相约随在马后，直送到郊外，方才回城（收束众徒）。

沐大公乘在马上，一路出剑阁，往汉中而行，沿途向镖局中人及道中朋友打听，访问柳公侠的行踪，又拜会各该地的名家，比武

22

过堂。这条路沐大公尚系初走，故此沿途得能会晤的能人很多，因他经过了长时间勤学苦练，马上步下，高来高去，黑夜白天，内功外功，都有了很好的根基，故此沿途尽多遇着名手，都能不被打败，因此很受各该地所遇名人的招待款接，沿途耽延，多者住两三日，少亦息一半天。

那日果然被他在路上得遇着柳公侠一行人众到来，遂即纵马上前交战（应上三次报怨事，到此作小结束）。满谓此番当可得胜，哪知仍旧不是柳公侠的对手，复又败了回来。他这一气，直气得几乎流泪，心中忖念："要报此怨，争回面子，只有不计时日，不求急效，从此格外下苦功操练内外功夫，无论头功、指功、掌功、肘功、臂功、腿功、臀功等种种硬功，及内功、气、劲等之功夫，一齐下大决心苦练他十年，谅来自己同柳公侠都不致就死，十年之后，定可报得此怨（破釜沉舟，具大决心。无论何人，只要能有此精诚持之以恒，固无事不可为也）。"沐大公即于三次报怨都败之后，下了这最后的决心。在马上寻思：练功虽然尽可自己去练，但如不得明师指点，终难收事半功倍之效。据自己所知的能人虽多，但是对面不识，且恐或竟与柳公侠是相知交的，前去学武，正好比与虎谋皮。想了半天，还是只有再到兴义去跟高风练习武艺，才可免去此弊，才可以得到显著的进步。十年苦练，必可深造，那时不仅可以得雪屡败之辱，且可使此艺业为国家宣劳，为地方各界做一番事业。庶几不负此生，才可安先父母在天之灵（能知此则，大贤人也）。宗旨既定，即便策马取路，往云南滇池原籍而行。一路照旧访会名人（因此次所行路非来时原路也，故如此云云，读者当知之），请求教益，不过轻易不肯耽延时日，并绝对不说出本姓真名，以防有柳公侠的耳目（其心甚细）。

那日回到家中，即便处置家务，处理得有条不紊之后，在家住有半月光景（因此去须耽延日久故也），方离家动身往兴义县去，径到高风家中。

师徒相见，高风问他别后情形。沐大公不禁放声大哭，吓了高风一跳，惊问何故。沐大公才将别后两往寻柳公侠交手被败的情状仔细回禀了出来（多年辛苦未成功，又来求教，含羞抱愧，哪得不哭哉）。高风见他流泪陈诉，也不禁心中伤感，当用温言婉劝了他一番，命他好生练功，将来定可有志竟成。

沐大公唯唯应命，并将来意说明。高风见他立志坚定，有如此果毅恒心，不由心中暗暗赞叹，遂即允许他悉心指授软硬各功的练法，并说："看你的缘法如何，倘能得你师祖到此，和你会见，蒙他老人家指示你的武艺，定可使你完满志愿，湔雪耻辱（"缘法"二字是本书的线索）。"

沐大公拜谢师恩，即在客房里原先自己睡眠的床铺上安顿了行李。从即日起，早晚子午刻苦练习内、外、气、劲、力、软、硬各功，十八般武器亦逐件操练。每隔半年，即空身离兴义，回滇池家中一次，料理家务，看视妻子人口。初时他行路全仗着那匹白马往返代步，后来功夫越练越高深，练成陆地飞行的步法，行走起来，竟能举步如飞，迅疾非常，来往兴义、滇池间，当天竟能来得及往还（武功至此，可谓超群绝伦），那匹白马反而望尘莫及了。沐大公感念高风传艺之德，遂将那匹白马孝敬了恩师（恋而不贪，一笑）。

高风见他不分日夜、无间寒暑地苦练，功夫将要比自己高深精纯，暗暗赞美他能青出于蓝，心中十分愉快。因恐他十年期满，回家后仗着本领横行不法，为害匪浅，又恐他将武艺胡乱授匪人，将来为害更大，于是除去自己又暗中苦思出一种拳法，做自己的看家拳头，以防他将来的乖谬之外，并不时宣讲些仗武欺人及妄传本领与匪人，所受的天理果报及法律制裁等故事给他听，使他心理上得

24

受感化。又于每月朔望，命他于拜祷神祇时，默念本人的戒律，及殳大成所定的戒训条规（信笔补出殳大成规），使他不忘（此与今之纪念周及礼拜等颇相似）。

时光如矢，不觉间十年月日已满，沐大公今番深信定可使柳公侠大败（谁知偏出意外哉），遂叩别高风。高风怕他伤了柳公侠性命（此高风忠厚处，然亦另有原因），吩咐他不可失手，切不可伤了柳公侠的生命。

沐大公敬谨遵命，即便叩别动身，出了兴义城，来到大路上，即足不点地地飞步行走。一会儿，约莫已走有二百来里路程，在大路上忽然迎面来了个烂腿老叫花汉子（此何人欤），彼此擦肩走过。

那乞丐见沐大公飞步走过，不由一怔，回头看时，来人去得已远，心中更惊（能使此丐惊，已不易，况更惊哉，奇矣），遂回转身来，飞步赶上前面，或先或后、不前不后地老走在沐大公的前后边。

沐大公初见他跟上来，追得上自己，已经惊奇，又见他居然能走在自己前面，能若无其事，丝毫不觉吃力，比自己力行而前，觉得稍有喘气的，其功夫深浅，相差颇甚，不由格外惊诧。忽然想起："此人莫非就是什么丐王文正不成？"因即立定脚步，向着乞丐抱拳道："老前辈莫非就是湖南永州的文正老先生吗？"

乞丐也立定，哈哈笑应道："既然知道，为何见了我却不怕吃力地飞跑做什么？我看你面有杀气，莫非心中想往何处去对付什么人不成（文正之目力果然极锐利）？快说明了，休藏头露尾，致使我随你不舍，出来干预。你叫什么姓名？是从谁练的武艺？照你行路的步法看上去，颇像小鬼谷的后辈，怎么我竟不曾见过呢？"

沐大公闻言大惊（如晴天霹雳，哪得不大惊），吓得慌忙拜倒在道旁，叩头向文正请安，说出自己的姓名及师父来由。因素闻高风说过，当日殳师祖要授柳公侠本领，被文正一言阻止，心中以为文正对于柳公侠的感情，定还记着在蒙自城阙下两次相争的芥蒂，所以很直率地将想去寻柳公侠报复的话也和盘托出。文正伸手将他扯起，唤声："小子，你找柳公侠报怨，一而再，再而三，倘使天下报怨雪恨的人都像你这般了了无休，那还了得吗？依我劝，你还是将这条心丢开了吧（此老说情，沐其奈何）。并非我帮柳公侠，实际上我对你讲，柳公侠那小子在前曾两次得罪我，我并不曾计较他，因为大人不记小人之过，所以并不理问。我因他背道悦、道清两位道人而逃，行为不大好，所以才劝你师祖殳大成休马上就传他真本领，须待日久，看他的行为品格，下定传不传，不料柳小子又背了你师祖而逃。当日我还和你师祖同行往各处去找过他，想给他个小小的警诫，后因查知他已由文人瑞、马准绳两位传授他好些本领，我和你师祖怜念柳小子志在学武，颇不容易，才能学有根底。现在人才难得，如去警诫他，他定承受不起，或竟因此丧命，不如成他一步，看他行为人格如何，再定警诫他的办法。倘如他仗艺祸世，马上就去除他；他如能力行向善，正是好事，何苦因小愤而伤一好人呢（世人听者，速即力行向善，虽有祸，尚可免）？后来打听得他学成回去，丝毫不曾敢胡作非为，且很能守正却邪，并常行侠作义，因此我和你师祖很在背后赞美他，并怕你师父高风记念柳小子偷图怨恨，去找他报复，所以你师祖还特地吩咐你师父，不许记念旧恶（补叙一段）。

"现在你费了十多年辛苦，欲去报复，本可原谅你的苦楚，成全你的志愿，但有一层，当日你和柳小子结怨之由，乃系你的不是居多。第一，开场聚赌；第二，输了发极。你自己平心想想（天下人如都能平心想想者，则天下太平矣。噫嘻），根本是不是你错？况且你其时违背父母，专与歹人为伍，又在成都站码头，收徒弟，过恶甚多。我如不看在你已改悔前非，并曾有杀言仲仁、凌霄的二人大功，及劝你往日所收的一班小青皮改过，与近十几年很做了些侠义事业等等的分上，今日断不轻轻放你过去（义正词严，沐将奈何）。

"现在长话短说，我对你讲，叫作'既往不咎''冤家宜解不宜结'。好的，你现在已不在成都当光棍首领，不必定要争回面子才能立身社会。你依我劝，就此罢休，不去寻柳公侠报复。"

正是：

片言解决恩和怨，十年辛苦枉费心。

究竟沐大公如何回答，请待下回交代。

修竹庐主人评曰：

本回写沐大公学艺完成，仅其往返兴义、滇池一事，已足使闻者咂舌，直可与剑客之能跨剑飞行，瞬息千里者相媲美，举一反三，则其技之精深，概可想见。遵是以推，则柳公侠之艺如何，亦可窥矣，此反证法也。高风嘱沐大公勿丧柳公侠生命，其原因盖一则宅心仁厚，一则预受父大成之叮咛，不敢违也。

文正突如其来，如飞将军从天而降，其责沐大公语，义正词严，大侠士之所以为大侠士，诚有以哉。

第三回

快刀割乱麻快人快语
豪兴飞酒杯豪客豪情

诗曰：

快人快语诚快哉，倚不去唾叹英才。

而今环顾少此辈，无怪世事鲜制裁。

话说沐大公听罢文正的言语，出乎意外，恍如兜头浇了一勺冷水，非常难受（确乎难受之至），暗叫一声苦也，遂说："老前辈所言虽然成理，但是晚辈因为受了柳公侠的欺负，十余年勤习苦练，才能学成技艺。此去寻他报往日之耻辱，乃是晚辈十数年来的志愿，一场辛苦，颇不容易。如依了老前辈的示，就此不去找他，岂非叫晚辈自己说自己以前的辛苦完全是白忙徒劳吗？老前辈的训示，晚辈都愿遵服，唯有要晚辈不去报柳公侠屡次败晚辈之耻，晚辈有些不愿（情见乎词）。"

文正见他不服，不由叹道："你虽然辛苦了这么许多年为的是雪耻，但也是你的缘法浅薄，合该你报怨不成（一语定谳），适巧会遇见我。"说着，又笑道："好小子，你说的话好比小孩子口吻，全不像三四十岁的人，难道你为了报复才学武的吗？学武即专为报复吗？况且你找柳小子报复的事，当初原是你错，你要报复，就该先怪自己不好才是。你不怪自己，反而硬要怪人，还要两次三番地找人报复，这是什么理由？常言'知礼不怪人，怪人不知礼'，难道你生长到现在，连这两句话都不曾知道吗（责问得干脆）？凭着你的能为，现在要想去打倒柳小子，照我的目光测验，大约你二人半斤八两，无有什么了不得的高下。你须知，你在苦练想报复的当儿，柳小子亦未尝不在那里拼命地练功，防备你去找他（一语道破）。凭着你的能为，如做侠客义士，大可有为；如投身行伍，为国家出力，目今正当乱世，各处刀兵四起（暗写红羊兵事），正是英雄有用武之地的时候；你要上为国、下为民干一番轰轰烈烈的大事业都很容易，怎说是辛苦多年白忙徒劳呢？若果睚眦必报，人人都像你这般量小，那还了得？世界上还有人过的日子吗？你快将报复的心收起，改做了为国家、为地方、为人民的侠义事业，方才不枉费十多年的辛苦，方才不算是徒劳（快人快语，闻言鼓掌）。"

沐大公听罢这番言论，觉得果然不错，立刻呆瞪着两眼，半晌无言，竟落下泪来（辛苦十年不能报复伤心事也，哪得不泣）。

文正安慰他道："好小子，淌什么眼泪？我再说一个比方给你听，比如你此去竟毫不费力地将柳小子打伤杀死，你也未必即能多长一块肉（趣语）。人家问起情由来，说起往事，少不得背后仍要说你不是；即或柳小子见你去了，毫不抵抗，由你叫骂踢打他一顿，总算给你出了气，你也不见得就能有什么面子，因为你以往的历史并非什么光明正大。假如你是因为父母兄弟的正大光明仇怨，你去找柳小子报复，胜了，人家说你是有志竟成；败了，人家还说你是个孝子悌弟。即为了朋友的事，人家也赞你一句义气朋友。无如你为的是赌钱，为的是赖赔注子，为的是被他扫了面皮，不能再在成都站码头，竖得起大拇指，吃不得现成俸禄，才去报怨，争回面子。人家定必说你是流氓的狠恶本相、光棍的打架手段原形，好言语赞叹称颂，那是绝不会有的。你拿我这话仔细想想看，究竟如何（言如贯珠，痛快之至)?"

沐大公被文正一番开导，立刻忍不住放声大哭。文正又道："哭什么？大丈夫做事，叫作以前所为，譬如昨日死；以后所为，譬如今日生。将你杀言仲仁、杀凌霄的事，那一种侠义举动，扩而充之，定必使人人拍手、个个欢呼。我劝你不要去报复，乃是金玉良言，你如不听，乃是自取其辱。这辱并非打不过柳公侠的辱，乃是打得过柳小子，而被别人在背后谈论，批评你不好的辱（如哲学家演讲哲学)。再有一件，柳小子的本事，我从前即见过了，这许多年月，他的进步如何，我也可以推想计算得出。现在你的本领如何，我们来比较比较看，如果你的本领比柳小子高，还可以去做一回友谊的比赛（妙语)；如不见得比他好，更不必去。"

沐大公一团的高兴被他如此这般地教训着，心中虽已明了，究竟有几分不服。听他倚老卖老地说了那么一大套，格外不乐。见说比较比较看，即鼓着勇气拭了眼泪，说："晚辈正拟向老前辈请求指教，蒙老前辈肯教训后进，乃是求之不得的事。不过在这里路上，不大方便。"

文正笑道："不妨，此刻行人两头都无人来，你我比武，不怕不便，来来来，你就打过来吧!"说罢，即连声催促他打来。

沐大公不知利害，即便卸下背上包袱，解下腰间悬佩的刀囊等物，盘辫掖衣，挣袖揎拳，做了个进步栽捶式向文正打去。文正毫不避让，沐大公的拳头正打在他的肚皮上，可煞作怪，竟被他噏住了，伸缩不得。

文正笑道："好小子，如何？你仗着这些本领，就想去打倒柳小子吗？这可真正不行。你也曾练过内功，并且有了基础，又练了这许多年月的太极，气、劲两功都已很好。见了我，竟不能转动，显出你的不是劲儿来，你以这个例子作比，即可知天下的能人很多，切不可狂妄。虽然你此去是找柳小子，可是柳小子的本事往年在蒙自和我交手时即已很灵活，近来因为防你报复，格外下苦功操练。照你目下的能为，前去未必能占胜着。"说着，将肚皮一挺，沐大公竟被他弹跌到两丈以外，以为定被跌个结实了，哪知并不曾跌倒，却被文正赶来伸手提住了（文正身法快疾，于此写出片段）。

沐大公羞惭满面，感愧交并。文正放了手，二人仍到大路上。

文正道："你学成本领，看你行程的方向，知你定是回家，现在你可疾速回去，我亦须另往别处去有事。不过你究竟去找不找柳小子，这件事我很不放心，因为你们俩都正在中年有为之时，正该为国家宣劳，为地方办事，为社会服务，为家庭努力，不应该彼此交战斗争。一则拳足器械无情，偶有错误，轻则伤，重则死，颇有许多危险。你二人正好比两头虎，斗的结果，大者必伤，小者必死（此言庄子刺虎，所言大喻强小喻弱也），岂非很可惜的？所以我很放心不下。如非我此去别处有事，定必出来给你二人两下拉拉场子（即术语叫开之意），免得以后再纠缠不清。我知道柳小子绝不会来云南找你报复，就是你到四川去，从他面前走过，他亦定必假装不见；你如不先和他动手，他绝不会先来惹你。你的意思，究竟如何呢？"

沐大公心中虽不愿意说不去找柳某报怨，但在事实上怕得罪了文正，又怕被他再当面教训抢白，故此不敢说再去报复，竟说："老前辈方才已经反复训诲，提醒了晚辈，晚辈怎敢不遵？请老前辈放心，尽请自便。晚辈此次回家后，休养些时日，准即遵老前辈的教训，往外面去走动，做一番事业。对于柳公侠的事，决定不再往报复。"

文正正色道："君子一言，快马一鞭，朝三暮四乃小人。今日你已说过不去报复，将来如被我听见，知道你又已去报复过，无论你胜败如何，我一定不轻饶恕，你牢记着。"

沐大公只得唯唯应命。

文正道："彼此都须赶路，日后有缘再见。"说罢，即从原路飞步而去（来去飘忽，可喜可惊）。

沐大公暗说一声晦气，将适才飞步行走赶路的精神完全抛弃无遗，无精打采地慢腾腾地一步一想地低头前行。行有一会儿，忽然觉得，不由自语道："吓！照此走法，要去多少时日才到家？那老叫花的话虽然有理，我还不是随后看势行事吗？他现在已老，难道他能活一百岁不死？且等过了几年，他死了（忽希望文正死，真匪夷所思，可笑亦可怜），我再去找柳公侠报复，难道他能从棺材里爬起来干预我不成（绝倒语，亦无可奈何语也，奇语）？"因此一想，脚下陡紧。

当日在路上歇宿了一夜，次日午饭时分即已赶到滇池家中（已慢了半天多）。到家后，洗漱喝茶用酒饭毕，即照常处置家务。其时他儿子喜儿已攻书上学，读到《诗经》及《古文观止》了，写信、作文都很清通，先生说他很好，将来定有希望。沐大公因先人生平及自己都不大光明，所以不教儿子学武，并预备将来做买卖，一味地想他能从文字上讨一个出身，进学中举，好挣个书香人家的门第（科举时代之人，心理如斯），给先人传一个光耀（推此心也，则为纯孝可敬）。因听得先生夸奖，心中甚喜（先生夸赞学生，乃欺子弟父兄之法，不可不察了。今日此风尤甚，此所以教育之无进展也欤）。

本来喜儿的学名唤作省三，沐大公因望他能鏖战棘闱，三考都捷，所以特地给他改名捷三，以示希望之意（呜呼！父母之心无所不至，凡为人子者，不可不仰体之也）。这回沐大公在家，除理问一切家务之外，得暇便时也考问捷三些书字。

上文说过，沐大公当沐师贤在日，很读过几年书，所以腹中很可以充得过去，差不多教蒙馆的先生，或还有不及他的地方。当时他在家盘问捷三些书字，觉得捷三很能了解经义，句读训诂都能明白，颇合着自己的期望心（父母之心皆如此，奈何人子不用功），心中甚喜。

过了几天，想着现在太平军起义，各处闻风响应，文正所言为国家地方努力的机会正是极多极多。不过在兴义时，常听得高师父说，太平军中各王的举措颇多不能安民除暴，除去忠王李秀成、翼王石达开等少数几位之外，都皆行为乖谬、贪财好色、酗酒逞气，太平军顺长江东下，才到安徽省境内，即开始杀人放火，闹得人民逃亡流离，到处不安。东王杨秀清等都各荒淫胡为，好好的种族革命事业弄成个非驴非马的景象，所以他屡被人来延请，总是谢绝不往（补写当时史事，所以表明时代）。"我如今如往投清军，为清朝效命，自残同族，未免太对不起自己。况且兔死狗烹，历史上不少例子，我何苦去求烦恼？倘如投太平军，效命前驱，明知失败即将在目前，更不犯着去当长毛（旁观者清，前文黄九如传中曾言之，此又言之，盖为当时太平天国惜也）。既然这样，我还是仗义任侠，浪迹南北，作一番救危扶难、济困解厄的快人举动，使那被害无告之人同得申雪，将一班暴虐不仁的土豪劣绅、恶棍贪官杀一个落花流水，代那些良民消灾降福，岂不是大佳，又何必去投身行伍，希图官高禄丰呢？"想定主意，即别离妻子，离家动身。一路并想得能遇见柳公侠，分个高下，决计若能巧遇报复之后，将来会见文正，再负荆请罪，谅来无甚大碍（忽又想出这个主见，以见其报复心之切）。

当时他行至四川省合江县境内一处镇市，地名花草坪的街上，因时候尚早，但为恐怕错过宿头，前途无处可以投宿，因即在花草坪镇上寻了家鹿鸣旅舍住宿。在上房里洗面、净手、喝茶、大便之后，更换了衣服，带上些散碎银子及一串大钱，往街坊上去逛。寻了家酒馆，走进到后面轩子里雅座上坐下，恰值轩子里雅座上已有两位老者先坐在另一副座上对酌谈心（闲闲而来）。

沐大公坐下身，酒保过来安放杯筷，递送手巾，并倾了杯茶，拿了支水烟袋，点好纸吹，送在他面前，请问了酒菜，唤了下去，一会儿送来。沐大公浅斟低酌，边饮边留意四顾，只见雅座外面轩子里喝酒的吃客络绎来了不少，座头已占了对成，雅座里却只有自己和两位老者分占了两张桌子。只听那两位老者低声悄语地谈心，一会儿长吁短叹，一会儿低声怒骂。沐大公听见心疑，遂暗暗偷窥，并留心细听。哪知不听犹可，一听之下，不禁大怒，逞着酒意，鼓起了豪兴，打动了侠义心肠，喝骂一声"直娘贼，还了得，好混账王八羔子！"骂着，将手中的酒杯不知不觉地连酒带盏向两位老者的桌上掷去（如闻其声，读者猜之，果何事欤），啪一声，酒溅满桌，并飞到两老者的面手、衣襟上。酒杯粉碎，兼碰碎了那桌上的一只盛炝青虾的彩瓷六寸盘子，成为两半爿，吓得两位老者同时一惊。正是：

　　因闻隔座言秘事，惹起豪客侠义心。

毕竟所为何事，请待下回续讲。

修竹庐主人评曰：

　　文正劝沐大公不念旧恶，譬解详细，可谓行证明确，多所诘责，允称善讦人过，沐大公无言可对，宜矣。
　　前文写文正与柳公侠交手，又写与父大成交手，上回及本回又写其身法步法与内功之精到，虽均寥寥数语，然而其艺事已可于此窥见全豹矣。

文正之阻报复，的是快人快语，沐大公之飞酒杯，确系豪客豪情，两两辉映，真乃无独有偶。

　　两老者对酌，低言悄语，乃竟不避沐大公者，以沐为异乡人也，不知乃将秘密尽泄。观此，则人之出言也，可不慎夫！

　　本回写沐喜儿取学名更名事，忽之者以为闲文，而不知作者与上文写柳公侠先后生剑虹、剑侯兄弟事，具有一般用心。隔年下种，读至后文，乃知其妙，始不觉其突兀。然而谁谓小说作法之布局易哉？

第四回

逞强暴耀武扬威
奋义勇追奔逐北

诗曰：

漫无公理逞强权，居然胆大敢包天。
岂知激恼真侠士，垂成好事败不旋。

话说沐大公于投宿合江县属花草坪镇上鹿鸣客栈之后，到街上酒馆里饮酒，在那雅座里独酌。因听见隔座两位老者中有一位愁眉不展，长吁短叹，低言悄语地谈心，听出气来，逞着酒意，高骂一声"混账王八羔子"，随手即将手中酒杯飞掷到隔座去，啪一声正中在桌上盛炝青虾的盘子里，酒杯瓷盘同时破碎，酒及酱油飞溅在两位老者的面手、衣襟上和桌上杯盘里（写出酒兴遄飞和盛怒的神情来）。

两老先被他吓了一跳，抬头一看，见他口中骂着，不由又大怒起来。那两位老者中的一位原也是个会家，在花草坪镇上差不多人人皆知，无人敢和他争斗交手，从来不曾向人低头服过输，更不曾被人当面骂过。这时陡被沐大公当面痛骂，并掷酒杯摔破了盘碟，

36

溅得面手、衣襟上都是酱油烧酒，这个气何能按捺得下？不由勃然跳将起来，高喝一声："哪里来的野种？喝了几杯烧酒，就这么发酒疯，开口伤人，摔破了杯盘有价钱的，本馆当然要你赔，不怕你跑上天去（趣语）。你敢骂老子（出言亦不逊），老子叫你一齐带回去（话好带回去，趣甚），我们花草坪镇上由不得你云南佬（此"佬"字为虏字转音。往时国内之小国至多，彼此兼并，动有争兵，争则有俘虏，故呼之为某某虏。其后沿传迄今，相骂辄称某某佬，其原盖如此）撒野！识相些，快安分吃完了滚蛋便罢，否则的话，哼哼（如闻其声），管叫你回不得云南（语亦咄咄逼人，沐大公焉能受）！"

沐大公骂的本就是他，点醒鹄的，掷杯恫吓，虽系含有几分酒意，但亦带着些向他挑衅，要他回话，才好硬出头、强打不平之意（表明其所以然）。见他果然大言不惭，倚老卖老地自称老子，回骂自己为云南佬，叫自己带回滚蛋。本来听了他和那另一位老者说的话动了气才骂王八、掷酒杯。这时被骂，正好比火上浇油，不由格外暴怒起来。走到他面前去，冷笑骂道（怒而至于笑，笑而至于冷，则其暴怒可知矣）："老甲鱼（此上海妇女骂人之流行口吻，也不图侠士亦有之），你敢回骂大爷吗（自称大爷，口气亦大）？天下人管得天下事，你这老猢狲（曰王八羔子、曰老甲鱼、曰老猢狲，沐大公盖擅于骂者欤），方才说的些什么话？正是伤天害理的勾当。青天白日之下，岂能容得你这老贼横行（活似今人口吻）！花草坪镇上能容你这老贼强逼人家上你的圈套，当然也能容得我云南人管你们的闲事。你这老猪狗（此《水浒传》中郓哥骂王婆语也，不图沐大公亦效之。沐大公真善于骂的文学者也），要叫我回不得云南，我倒正要看你怎生使我回不得云南去！你如没有这个能耐时，我劝你还是死了心，不要想强行霸道、胡作非为的好，不然，你大爷可以饶放你过去，拳头却不肯饶放你。你不信时，且给个样子你看！"

说着，伸手指一戳那两老面前的桌缘，那桌子边儿立刻被戳穿了一个透明的洞孔（沐大公艺成之后，此为首次表现其艺，指功如此，其他可知），缩手回来，指着对那老者道："你瞧，倘若你的皮骨不及这方桌的桌边儿结实，受不起你大爷的一指时，你就赶快将字据拿出来还给这位老翁，当面毁了（读者猜之，两老所谈者何事）。"

　　沐大公话未说完，那老者已气得面容变色，原本他在花草坪镇上从小长到现在，向来只受人家的恭维，不受人家的言语，何况被人指着大骂呢？他见沐大公是云南口音，单身人，料定他没有帮手，虽然手指一戳，戳穿了一个洞眼，指功着实可以，但以为这是他练成的一种呆笨的指功，算不得什么武艺，故此并不畏惧，却大怒喝骂道："好小子，你学得点儿什么指功，便想在你老子面前卖弄，果真你要不回云南，想在你老子手中讨死，你且跟老子出去，只消老子一挥手、一抬腿，便可以立刻送你的狗命！别把你打死了在这酒馆里，害这酒馆里财东和你的家属打人命官司（越是没本领的人越会说大话，今世此等人甚多，固不仅一老者也）。"

　　说着，伸手一把将沐大公伸出的手握住，向外就走。

　　这时，早已惊动了在轩子里饮酒的吃客，各都放下杯筷，立起身来望着雅座里。这班人大半和老者是相识，见了怕面子上说不过去（"怕面子"三字，写出众人心理），走将来拦阻着劝道："南老爹，你老人家为何事与这位红脸？彼此有理好讲，何苦动手？"边说边将老者的手扯开了。

　　又对沐大公道："你是出门人，为何喜爱多管闲事？我们这里地方上谁不敬服南老爹？本也怪你不得，你是外方人，哪能知道呢？"

　　遂又说："南老爹，请看我们的面子，不要和他出门人计较，被他到外路传说开去，说我们花草坪镇上惯欺异乡人。"

　　又说："两位请都看我们众人的脸，各请回原位，坐下用酒菜。

有道是'各人自扫门前雪，休管他家瓦上霜（然则诸君何以劝人息争）'，朋友（此唤沐大公也），你真何苦来吃自己的酒，管人的事呢？大家说过算过，别再计较了。"

边说边唤堂倌："快重拿只杯子来！"

又说："堂倌，你将这位客人的酒菜搬到雅座外面来，和我们同坐了，免得他们再起争执。"

堂倌应声晓得，正拿了杯子，想去搬移沐大公吃残的酒菜，同时那南老爹已乘此收科，放下手走回原位，仍同那位老者照常饮酒，说："这个云南佬真活得不耐烦，想来捋虎须，找老汉的过节儿（此对那老者言也，颇含示威意）。"

那老者默然不语（写得五花八门，笔下热闹之至）。

沐大公见堂倌要搬移自己的酒菜，回头喝住道："谁叫你搬？"

堂倌只得应声是，放下走开了。

沐大公对众人道："这南老头儿仗财势欺人，想干伤天害理的事。这么大年纪了，还这么胡作非为，在少年时节，不知要怎么无法无天呢！你们贵地方的人都畏惧他的势焰，不敢出来说句公话，制裁他的非法行动。有我这么一个过路的客人（"我"字响甚）听不入耳，看不下去，特意出来多事，乃是代你们贵地方制裁他荒谬，纠正他的过失，警诫他的下次（说得嘴响）。在理，诸位就该见义勇为、当仁不让，帮着我一同动作，才显得贵地方上有人，才显得世界上还有公理。不应反而尊重他、压制我（"我"字更响）。诸位是本地人，所以各为身家打算，要口是心非地尊敬他，称他一声老爹。我是外路人，当然不至要像诸位一般地怕他（点破众人心理，与怕面上说不过去相应）。这是在你们贵地，所以才由得他这么恃强凌弱；倘若在我们云南时，早就要将他活埋了，还能容留得他活在人世吗？诸位自己不敢管，反而劝人也不要管，我真给诸位害羞。并非我言语

39

鲁莽，开口就得罪大众，须知你们怕他，我不怕他，休说只有他这么一个行将就木的老王八，便是有几十百个时，也只消我三拳两脚，保可一齐捶成肉酱、踢作肉球（说得威武，旁若无人，得罪大众，此取祸之道也。虽然我读至此，实为众人羞，更为一切众人羞）。诸位肯不管，我却不肯就此不管，对不起各位，非是我不看大众的面子，实因看得起各位才给各位代管贵地方的不平之事，警诫这个老脚鱼（管闲事方是看得起众人，辞令亦隽）。"

说着，向大众抱了抱拳，即说："对不起众位，请诸位各回原位用酒菜，看我代诸位教训这个老王八，问他下次还敢不敢在花草坪镇上放肆！"说罢，舍了大众，往雅座里就走。

那南老头儿见他说话狂放，又要来寻自己的事，正待起身来接住他动手，却不料沐大公一番言辞竟激怒了一个当地的痞棍。这痞棍亦是花草坪镇上有数的人物，名唤小阎罗花自芳，今年才二十六岁，使得一手好花刀，能高来高去，马上步下，诸般武艺，无一不精。现在拜在这雅座内对酌的南老头儿门下做弟子（即此可知，南老头儿之为人与事矣）。

当时因沐大公说话中太自夸大、目中无人，已经生气，又因他所要得罪的正是自己的前辈，焉能忍受得下，将面子给他要了去？仗着本领，早从众人背后抢步到沐大公背后来，伸手一把将沐大公的辫子揪住，向怀中一带，喝了声："回来，好小辈，你通身有什么本领，仗着谁的势，敢这么大言不惭要强出头多管闲事？你便头上生角，我也要将你的角折断了下来（趣语，其人之自恃可知）！"

沐大公陡然被他从后面揪住发辫，听他口气，亦很夸大，那揪辫子的手劲亦颇有些斤两，知道来人亦是个会家。说时迟，那时疾，如迅雷闪电，早趁着他向怀中带的势，运用肩、肘两功，向他胸、腰两部肩撞肘击，喝了声"着"。花自芳应声嚷了个哎呀，早松手放下辫子，打了个踉跄，几乎仰面跌倒（不跌倒已非容易），退几步，方才立定。勃然大怒，忍着痛骂声"狗娘养的，敢向你大爷先动手！不打死你，还了得吗？休走，着拳！"说着，一跃身，又到了沐大公面前，扬起双拳，使着双峰贯耳式向沐大公的两太阳穴打去。

沐大公见他能承受得起自己一肩、一肘，居然还能回骂回手，知道他亦非弱汉（弱汉如何能称小阎罗浑号哉）。见他来势凶恶，遂亦不敢大意（因他能承受得起也），急将身体向后一退，托地跃起，从他头顶上飞过去，未回转身体，即使右脚向后一蹬，对着花自芳的后腰眼里踢去。

花自芳前面双拳落了空，见沐大公从头顶上飞跃过来，刚才扭转身体，沐大公的右足已到，恰巧正蹬在小腹上。花自芳哎呀一声，站脚不住，蹲将下去。沐大公收回右脚，回身顺手又向他肩胛上一拍，花自芳被拍得痛彻心肺（其劲可知），忍受不住，遂即一屁股坐在地上，跌倒在地。

沐大公笑骂一声"狂奴！"即舍下花自芳，抢进雅座里去。

南老头儿早已看见，见他能将花自芳打倒，这才知他的本领着实可惊（见一以知二），见他抢将进来，哪还敢怠慢，早两手先顺手抓起面前桌上的杯盘，连珠价迎着沐大公飞掷打将去。沐大公旁闪身让过，那酒杯菜盘都飞落在雅座外面轩子里地下去，跌成粉碎，幸喜不曾打着闲人（在忙中偏有此闲笔）。

南老头儿却乘沐大公闪让的空儿，一转身，两手各抓起一张骨牌凳子向沐大公飞掷将去。沐大公喝声"来得好！"并不避让（有让有不让，勇甚），反伸手接住一只凳子，回掷过来，恰巧与南老头儿后发的一张骨牌凳相值，两下一撞，各自反射了回来，复被二人各自接住（读此一段文字，恍如顾曲看《拿高登》一出武戏，好看煞人）。

41

沐大公放下凳子，不待南老头儿再掷，即已飞身跃到他面前，一掌击去。南老头儿忙举起手中凳子一迎，正被手掌击着，震得南老头儿手腕生疼，执掌不牢，竟撒手摔落在地，几乎将自己的脚背打着了（沐大公手掌不痛也，其功、力、劲可惊）。知道不敌，回身撒腿飞步逃跑（没用，可笑）。

那雅座靠墙有一独扇的便门，开门出去，即是轩子背后外面的狭长天井。天井尽头亦照样有一扇便门，门外是一条火巷，出巷一头是大街，一头是河边（便门者，即今之太平门也。忽然信笔画一张小地图）。南老头儿家即住在对河有影壁的高大住宅房屋里，那住宅对面有影壁，门房过后，即是所大院子，院内满种着花木，中间砌有一个圆形金钱式的小金鱼池，颇像所小规模的花园。过了这院子，才是正宅，前后共有五进宽大的瓦屋（非为之绘图，实写其殷富，而写其为富不仁也）。

当时南老头儿从雅座的便门里跑出来，径出天井里上门，跑出火巷，一口气跑到河边，跃身过河，急急跑逃回自己家中，喝令住在门房里的司阍，将两扇黑漆广亮的大门砰砰关上了（南老头儿一口气跑，作者亦一笔写到底，极力渲染）。

沐大公喝声"哪里走（此在雅座内喝也）！"随后紧紧追去。直追出火巷，来到河边上，见他跃过河去，方才止步不追，缓步回转酒馆内。同时酒馆内的吃客早有人跟着追出来看热闹，刚跑出巷口，已见沐大公回来，知道不曾追着，因畏其威，亦不敢问，只是回身也跟着回进酒馆里来，各回转本位吃喝。有那胆小怕事的，知道不能就此太平了结，定有祸事，便赶紧将剩酒残肴吃喝完毕，会钞慌忙回去；有那胆大好事的，料定有好戏看，不但不走，反而慢慢地吃着不走，等看结果如何（写众人分两派）。同时酒馆里掌柜的及办事的人已得到跑堂的报告（跑堂的即堂倌之通称，而昔之酒保），赶到后面来看。见沐大公回转雅座里来了，便由那掌柜的满面堆笑地走到沐大公面前，拱手请问姓名。

沐大公信口捏造了个姓名回他道："小可名唤弓子玉，回请问阁下尊姓，问小可名姓，有何见教？"

掌柜的说："贱姓邹，是本铺的管事。弓先生方才这一番举动，究因何事，谁是谁非，我们亦不明了，且亦不欲多问（是买卖人口吻），不过小可有句话奉告，请弓先生休要见怪（说得婉转）。小铺蒙驾光顾，理应欢迎，但是弓先生和本镇的南老爹及花先生彼此争执，因言语冲突变作了彼此动手，将酒杯、盘碟、凳子等物当作了兵器抛掷，所幸凳子是粗糙的木器，只摔坏了一张，其余的只受了点儿硬伤。但是桌子边上已被洞穿了一孔，一张全梨木的八仙桌子就此破了相，再加上酒杯、盘碟等件，都是些精细的瓷器，虽然为价不大，但亦有数目可观。照例这是堂倌及我们办事人的责任，敝东现在不在此地，倘或隔日回来时知道了，定要责令我们办事人和堂倌等照价赔偿。弓先生是老于世事的人，明人不必细说，当然肯看顾我们，绝不致使我们为难、代人受过的。在理，我这几句话本不应该向弓先生说，说出来似觉当面唐突冒昧了些，定要说明了，未免太不漂亮，但因这是我们责任，在事实上又不得不向弓先生当面声明一句，请弓先生原谅我们所处的地位，不要见怪（掌柜的出言有章，非不学无术者可比，所言委婉动听，真乃辞令妙品，世之身当交际之冲者，言语学诚不可不研讨也，善于说话者盖皆当如此矣。所谓世事洞明皆学问，即此之谓也）。"

沐大公初见他走来带笑开言，即已窥知来意（人情练达即文章，沐大公颇有进步），故此假问有何见教。见他婉婉转转地说出要自己负赔偿责任的话来后，即饮酒笑回道（"饮酒"二字，暗写沐已坐下，堂倌已另将酒杯取来，省却许多文字。笑回可见其闲逸）："邹掌柜，你尽请放心，我既惹出事来，焉能使你们代我负责？只要有价目，总好说话，该当赔偿多少，只要掌柜的说出个数目来，我决不含糊，准即如数偿还。"

邹掌柜闻言大喜，带笑拱手称谢，说："承蒙体谅我们，感谢之至，毕竟弓先生是侠客义士，豪爽英迈，非人可及，实在可敬可佩。"

说罢，即高声吩咐堂倌好生伺应，遂又看了看桌子及凳子和地下桌上碎破了的杯盘，约计了个数目，不即不离地（一句写出掌柜的练达世人情来，倘在俗人，定加大数目矣，盖报虚账非所以应付豪侠也。掌柜的想已计及矣）含笑抱拳地连称："万分对不起弓先生，论数目可也约莫有三两多银子。但这是屈情的事，任从弓先生随便偿还我们些，只要使我们好在敝东面前交代就是了，并不拘定要多少（妙哉此语）。"

沐大公听罢，微笑点头，即放杯从怀中摸出锭五两的小银锞子来，递给邹掌柜道："该当多少，请照算不必客气。"

邹掌柜带笑（连写"笑"字，具见其假作笑容来）伸手接过银子道："弓先生，还添用酒菜饭食吗？这点儿小东，算是小可奉请弓先生的，请勿推却。"

沐大公笑谢："不能叨扰，请邹掌柜照算。"

邹掌柜道谢，收了银子，即说："弓先生要添用什么酒菜饭食，尽请吩咐堂倌招呼下去就是，等会儿一齐结算。小可有事，恕不奉陪。"说罢，即拱手作别，称谢往前面柜房内去了（了却掌柜的）。

沐大公回转酒馆时，即已看见被打跌倒的人和那另一位老者都不在了（补笔自不可少），以为他或去邀人来打报复，故此与掌柜的说话之后，又添要了两样菜、一壶酒，慢慢地吃喝着，等待那花自芳和南老头儿邀人来。

44

转瞬间已到掌灯时分，并不见有动静，遂唤过堂倌来，问他："适才和南老头儿同桌的那个老头子，姓名叫作什么？住在何处？"

堂倌怕多事，回说："那老头儿素不常到我们这里来用酒食，实不知道他的姓名、住址（妙有顿挫）。"

沐大公知道他不肯说，遂不再问，即便要了大碗饭来，胡乱吃了。命堂倌到柜上去结了账，漱口拭脸、喝茶后，即便出酒馆，回转鹿鸣客栈。边走边留意背后有无人来，果见远远地有人尾随在后。回进鹿鸣客栈时，走到后面，掩身在一边，偷窥有无人跟着进来，果见那远远跟随在后的人走进门来，径到柜房内去了。一会儿，见那人匆匆从柜房内出来，一径往外面去了。正是：

只因此人匆忙去，引出无限风波来。

毕竟沐大公所抱的不平究系何事，那人去后有无风波，请待下回分解。

修竹庐主人评曰：

本回不明写南老头儿所强逼另一老者之究为何事，而先详写沐大公之抱不平，此作者故弄玄虚处。

正要写沐与南叟交手，忽又生出一花自芳加入战团，文情出此波澜，顿增许多玄妙。

沐大公艺成后，读者因已读过本书首数回，故已知其未即与柳公侠交手，乃亟欲观其究竟程度如何，此为一般心理，故本回即先写其连败花、南二人，以证实其英锐不可当。语云："士别三日，便当刮目相看。"况沐大公苦练十数年乎！其艺精纯，远非昔比，宜也。虽然，读者第知

45

此为作者写沐之艺，为沐庆成功，而奖世之专心学问者耳，而不知写沐正是暗写柳也。

　　观南叟、花自芳二人之言，其骄纵恣睢，已可想见，读者观其为沐败处，当为之称快不置。

第五回

剜肉医疮袁克昌举债
见色思淫南宫学兴谋

诗曰：

> 居然无法又无天，欲将穷嫠霸力占。
> 丧人名节毁人志，薄命红颜剧可怜。
> 若非侠士解囊援，烈妇几将一命捐。
> 土劣豪暴终受报，毕竟公道胜强权。

话说沐大公回到鹿鸣旅馆里，隐身张望，果见那尾随身后之人跟进门来，到柜房里打了个转身，即便匆匆出去，料定来者必系那南老头儿和花姓棍徒的党羽。

回进自己住宿的上房来，小二将油灯点上，打水冲茶送来，放下茶水后，随手即将房门掩上，忽然朝着沐大公倒玉柱、推金山地扑翻身跪拜下去。吓了沐大公一跳，不由望着他发怔，命他起来，问他因何忽行大礼（咄咄怪事，哪得不问）。

小二拜罢起身，口尊："沐爷，小的不说，沐爷当然不能知道（作者不写，读者更不能知）。小的复姓公冶名德，本地人氏（先报履

47

历）。沐爷方才在酒馆里打跑了的那个南老头儿乃是杀害小的妹夫的仇人，那位和南老头儿同座的老者，乃是小的妹夫的父亲。沐爷方才的一番快人快举，直截痛快地救了小的亲翁之难，正无疑给小的妹夫报了仇怨，保全了小的妹子的名节性命，小的哪能不向沐爷叩头道谢呢（不待沐大公打听，而由小二自述，用笔甚奇)？"

沐大公见说，才知其意，不由自惭，方才任侠，仅粗暴惊人，实际上并无益处，因此反而羞愧满面，红涨了面皮，回敬了一揖道："岂敢当得你如此叩谢？我才在酒馆里因隔座听得，觉那南老王八的言辞太锋芒，竟要强迫那位老者将一位新寡的媳妇嫁他做小（到此始表出两老所谈事)，坏人名节，因此我才仗义执言。却因喝了几杯酒，我此刻正悔太粗鲁，不曾先询问详细，即出言强行干预。虽然取快一时，究竟于实际上丝毫无有裨益。心中正悔恨做事不曾做得彻底，想设法去打听清楚，再作彻底解决的办法，却不料就是你的亲翁和你的妹子的事，那可真正再巧也没有了。你且慢谢我，等我将这件事办得彻底解决，尽善尽美了，那时你再谢我也不迟，没的这时谢我，反而使我羞愧难受。且请坐下了细谈。"

公冶德先给沐大公倒茶奉了水烟，才告罪在沐大公对面的椅子上侧身坐下了半个屁股（写小二颇懂礼节，善于伺应，是惯做小二者)，低声将他妹夫的死和南老头子恶计压迫他亲翁、想霸力占夺他妹子做小的事详细说将出来（以下述袁家经过事)。

原来公冶德的妹夫名唤家声，家声的父亲名唤克昌，公冶德的妹子是在前三年秋季里才出阁嫁给袁家声为妻的，和南老头子发生的事情料即在那年秋季里。皆因往年袁克昌是个老农，仗着幼年多读过几年书，所以在家除去耕种之外，并设馆教授蒙道，混几许修金，贴补贴补家用，平时仰事俯育，都赖他一人耕教兼施糊口。后来他长女出阁，接着又值他的令堂老太太西归，这两件大事颇须花

48

费钱财，如系丰年，尚易筹措，偏偏那两年都是岁歉，但靠着收几个学生的束脩，杯水车薪，焉能济事？不得已，才托人设法举债。那债主非是别个，就是这花草坪街上第一个富户南宫学。

这南宫学是个为富不仁的劣绅，他家中又兼充着京城庆亲王府的皇粮庄头。本人在少年曾练过武，进过门，仗着做王府奴才的势力，在本地遂成为土豪（土豪而兼劣绅，正是侠客的目的物）。人家因他有财有势，巴结恭维尊重他，于是遂由土豪而应了劣绅的资格，结交官府，包揽词讼，居然敢巧立名目，勒收当地居民的保护公益捐，在花草坪镇上，人家当面高称他一声大爷、老爷、太爷、老爹（盖随其年岁而更也），背后都唤他作南阎王。南宫学门下所收的徒弟极多，其中最泼辣悍狠的当推那个花自芳，故此人家给花自芳起个绰号，叫作小阎罗（随笔交代）。

当时袁克昌因为长女出嫁、老母丧葬两事，不得已，挽请中保，向南宫学前后共借了二百两纹银，约定以一年归还，照本加一利息，按月收付，不得拖欠。借约上只写明照典以一分二厘起息（其时典息以一分二厘计算，后来逐渐加至分六，至宣统末年、民国初元亦仅分六或分八，即目今各地之典息亦只以分八或二分为率，以视上海租界押质小当之利秘，按月竟有超过九分者，其根差实甚可惊，有牧明之责者，诚不可严重取缔之也），以避重利盘剥的罪名（亦怕此罪名耶？法律之尊如此）。却另写十二张期票，每张纹银二十两，交与南宫学，按月照兑。并另写附约，写明如早一天还，即照扣一天利息，能在半年内还清二百两本银，则其余一张期票作如废纸。

袁克昌当时因为急用，受经济压迫，不得不饮鸩止渴，所以才出此下策，满望能于最短期内另外想到方子，即刻归还，以清责任（借债者孰不如此乎？然其结果则每反是。呜呼！吾欲为天下负债者放声一哭），哪知事与愿违，休说二百两本钱不曾能还，即按月二十两利息亦照付不出。不得已，挽人与南宫学情商，止利还本，陆续抽还。南宫学知道他并非赤贫，岂肯就此放手？遂迫他将田产作抵，才肯将字据销毁，否则即须送官究办。

袁克昌受此威迫，没奈何，将祖遗的十亩良田折价二百两，算是还清了南宫学的本钱，利息一百二十两，经中保说情，和袁克昌本人的求恳，方才肯打对折，作六十两计算，将十二张期票毁去，另写一张欠据，写明分三年抽还，每半年还银十两，总算即此了结（呜呼！十亩田）。

袁克昌将此事了结后，家产只剩有三亩三年难得一熟的瘠田。靠田中的收获是靠不住了，告束脩万不足用，没奈何，领着儿子家声改做了负贩的小本生意，夫妻父子一家男女老幼都克勤克俭地劳苦做活，极力想恢复先人的产业，了清所负的债务。果然皇天不负苦心人，如此经过了一年多时光，逐渐又兴盛起来。

却值袁家声文定公冶德妹子早年约好的喜期已到，婚姻大事，无故焉能轻易改期？袁家虽然因经济困难，恨不得央求媒人通知女家，商情改期，但又实难启齿，没奈何，只得东凑西拼，筹集了些款子，并将应付还南家的利息银子也暂时移作婚姻用处，才勉强将喜事弥缝了过去。哪知喜事才过，灾星已来。

原来袁家声所娶的新娘，人艳于花，貌丽似锦，一时凡是袁家亲友来贺喜闹新房的人，回去后无不交口称赞，众口一词地都说公冶氏非常俊俏，实可当得"美而艳"三字（此三字大是不祥，自有此三字以来，所生之祸事多矣，可胜叹哉）。这话不知如何，传播进了南宫学的耳内（美妇人为祸相，袁家从此多事），南宫学本是个色中饿鬼，平时最爱拈花惹草，但凡听得有美妇人时，务要亲往观看，倘或那妇人的造化好，命中不曾注定该受意外横祸的还好，万一那妇人以时乖运蹇，被南宫学看中了时，那可就真了不得了，无论如何，南宫学

50

总要千方百计地设法将那妇人弄到手，方才肯罢休。如非那妇人的娘、婆二家有什么大势力的亲戚人家，南宫学有所顾忌时，绝对不肯戢止他的淫心。

当时他听得传说袁家的新娘子非常美貌，不由打动了他好色的意念。本来他往时对于袁克昌的债务向系打发手下人前往讨取，从未移尊就教地亲自去过，此番却因要去偷看新娘子，赏鉴她究竟有怎么样的容貌，值得人家背后如此赞美（赞美人家亦有坏处，此类是也，故君子戒多言，言多必失），所以他特地御驾亲征，亲自带了名小厮，径到袁克昌家来。到袁家时，恰值袁克昌的老婆领着新妇同在堂前绩麻（应上秋季句），婆媳俩正在低着头做活儿，哪料有客临门呢？及至客到了面前，听得声音（二字着眼，暗写南宫学提轻脚步也，贼贼）抬起头来，方才看出是陌生的客官（俗称男子为客官）。

公冶氏慌忙放下了手中麻，轻移莲步，急急回避进新房内去。袁克昌的浑家方才立起身来整了整围裙，向南宫学招呼，请问找谁。袁克昌目光直射在公冶氏身上，心神完全注在她那粉白的面庞、苗条的身段儿、婀娜的腰肢、轻盈的体态、纤细的莲钩、一瞥的后影儿上。袁太太请问他来找谁的第一声时，他别说未曾听得，即连袁太太的人影儿亦未曾见着。及至公冶氏躲进了房内，连踪影痕迹都看不见了，袁太太问他第二声找谁时，方才将他几乎跟着公冶氏飞去了的魂灵唤了回来，方才能看见袁太太容貌，听见袁太太的声音。但仍只是愣怔怔地呆望着袁太太，不知她问的什么话，亦忘却自己来的原因和该当怎样回答袁克昌老婆的话，竟致一语不发。直待袁太太带怒问他来找谁的第三句时，方才听得清楚，想起了自己来的借用题目（一段文字，竭力写南宫学之迷于女色，忘其所以，亦以见公冶氏之曼妙多姿。嘻嘻！色之魔力大哉），遂带笑回道（一个带怒，一个带笑，相形之下，好看杀人）："老太太（自有土豪劣绅以来，此三字之称呼出于其

51

口者，殊难得也，而袁媪受之则因其媳之色耳，吁），这就是你家新娘子吗？好俊的模样儿，你太太真好福气（妙哉！答非所问，俱见其心神不属，真乃神化之笔）。我名唤南宫学（好货），特来找你丈夫、儿子，问他们该还我的银子。现在过期已久，究竟怎么说法（曰老太太，忽曰你丈夫、儿子，其尊敬与轻侮，俱见其心神别有所属），难道就这么含糊衍误过去，能不还了不成？"

袁太太见他贼头贼脑的，时不住地目射在新妇的房内（传神入妙之笔），开口就答非所问，语无伦次（妙语！趣语），不由生气。但因素知他是个坏蛋、惹不得的黄蜂窠，久已畏惧他的淫威，只得敬鬼神而远之，敢怒而不敢言。只得假意客气，说了声"原来是南老爹，恕老身不认得，请勿见罪（读此几句，吾为世之一班受经济压迫者下泪）。拙夫同小儿出去做买卖去了，此刻正在街上，须到晚才能回来（两句好似逐客令）。守他们父子两个回来的，老身当将南老爹的话转达。不过南老爹是厚道仁惠的明达人（一句当面骂），舍下短欠的那笔利息（妙在说是利息），所以未能如期抽还的，实因他父子俩今年买卖清淡，近来又因喜事，多用了些，所以才延误了日期，并非有意，实情亦万非得已。一俟稍微顺手些时，即当凑集成数，亲送到府，绝不敢拖延时日，请南老爹包荒原谅。为此事劳你老人家的驾，实在万分抱歉，请南老爹海涵，勿要见罪（袁媪颇善说话）。"说罢，即假意让座，说："南老爹请坐，容老身烧茶。"

南宫学来意本系来看新人的，原不定要追索款子，明知袁家父子都在街上做买卖，果真要债，绝不到他家中来。见让座说要烧茶，他正巴不得袁媪说这一句，因即毫不客气地搭讪着坐将下来，口中说："有事请，不要因我烧茶，耽搁了生活，我稍坐即走的。"

袁太太假意客气，本是变相地逐客，见他果然厚脸坐下身来，怕他当真不走，因即顺着他的口气说："既恁般时，请南老爹不要见怪老身，老身就恭敬不如从命，遵命做活儿。不过使南老爹清坐着，太怠慢了些，改日使拙夫、小儿到府道歉。"边说，也毫不客气地坐下身来，冷淡了主仆，低头尽管自己做活儿，绝不开口（南宫学可称扫兴了）。

南宫学见她冷淡，公冶氏又不出房来，坐了一会儿，觉得无趣（老贼自讨），遂起身打了两句讨债的官话儿即作别，带着小厮走了。

袁太太起身送客，守他主仆出了门，即走去将门闩上了，吐了口唾沫，骂了句"天杀的老贼！"即回转堂前，照旧做活儿。

公冶氏在房中见客已走，遂走出房来随着婆婆做活儿。

南宫学领着小厮离了袁家，回转本宅，一路寻思："果然名不虚传。"到家后，想起袁家婆媳冷淡自己的情形，不由恼羞成怒，心中暗暗发恨。再思念那公冶氏的姿容美丽，婉娈动人，因恨想交并，遂歪倒在自己的烟铺上，尽量地抽大烟（道光年间，鸦片已进口，时为咸丰年间，暗点时序），连抽了十来筒，搜索枯肠。忽然生了一条恶计，不由大喜，自语道："任见你怎样刁狡机灵，倘欲逃得出你南老太爷的手掌心，南老太爷也算不得老辈英雄了。"当即再抽了两口烟，起身复到外面，吩咐他的心腹家人南强，如此这般，叫他照计行事，不得违误，事成自有重赏。南强领命而去（读者掩卷猜之，其计何如）。正是：

计就月中捉玉兔，谋成海底钓金鳌。

毕竟南宫学所用何计，袁家声如何丧命，且待下回分解。

修竹庐主人评曰：

本回写南宫学之重利盘剥，谥之曰为富不仁，诚不诬也。而写袁克昌之饮鸩止渴，足为一班受经济压迫者写照。昔人诗云："三月卖新丝，五月粜新谷。医得眼前疮，剜却心头肉。"读本回静言思之，不禁同情一哭。嗟乎！世有举债者乎？读本回当无不为之下泪也。

英国耐尔逊氏尝言："债务者为人奴隶。"又云："举债者即贷其身之自由权者也。"读本回乃益觉其沉痛。

美人为祸水，平民而有美妻，则尤足速祸。语云："匹夫无罪，怀璧其罪，怀璧且不可，矧有美妇乎？"此袁家声之所以死也，于戏！

朱柏庐先生云："见色而起淫心者，报在妻女。"南宫学见色思淫，老而愈甚，广田自荒，虽作者未明书其果报，然而有识者，读本回之书法"见色思淫"四字，当已隐喻其歇后语意矣。弦外余音，此之谓也。

第六回

使奇谋巧言欺愿上
贪厚赏狠心卖良朋

诗曰：

狡计安排实诡奇，谋成满谓可乐只。

孰知消息传播后，果报竟不爽毫厘。

话说南强奉了南宫学之命，退出外面，即唤他儿子南仲式来，吩咐去照计行事。南仲式欢喜答应（答应而冠以欢喜，则其于己有利也，可知），即便离家往袁克昌家去找袁家声。

其时，袁家父子正因在路上遇见左邻王辣子，闻听王辣子说："南老爹带着小厮即刻亲自到你们家去了，你家中没有客官应接，须恐不方便。你父子俩快打发一个人回去，免得冷淡了那老阎王，兴波作浪起来，可不是耍处。"

父子俩听得，都觉得贵人忽然临贱地，这空谷足音，定非什么好事（颇有见地），因此暂时牺牲，不做买卖，一齐同回家中。到门口见大门紧闭着，心中生疑，齐咕噜道："青天白日的，关起了两扇大门做什么？难道怕被野狗跑进来偷吃了干浆去不成？"边咕噜着边举手敲门。里面问是谁，父子俩同应"是我"，里面听得声音，才放心大胆地开了门（应上关门句，一丝不走）。

二人进内，问为何白天里忽然紧关了大门。袁太太道（暗写开门的是袁媪）："关了门，野狗才钻不进来呢（趣语，恰巧与彼父子俩所咕噜者同）。"

二人听得，只道自己所叽咕的话已被她们听得了，不由引得笑了起来（穿插甚趣）。边向内走边问："南家主仆还在里面吗？"

袁太太没好气地回道："我是贼去关门（一句），野狗已经走了（二句），深恐野狗再来，所以才关上了大门（三句，趣甚）。你们不要问呢，兀的不气死了人（数语俱见其没好气）。"

二人忙问："怎么气死了人？那老猪狗曾说了些什么来？"说着话，二人已同走进到堂屋里。

袁太太将适才南宫学主仆来后的种种神情照学着姿势口吻，一齐告诉给丈夫、儿子，并问二人："从何处得知那老贼来过了？你父子俩如能早一步回来，还见得着呢，大约此刻他们还走得不远。"

袁克昌听罢，叹了口气道："不怪别的，只怪自己当初不该借他的债。但被你冷淡，讨了个没趣回去，或可以后不再到来。我说呢，怎么青天白日的关上了大门？以后就这样也好，我们出去之后，你们就将大门关上。那老贼如果再来时，就把闭门羹他吃，免得他再来啰哄。"说罢，又用了些好言语温慰她婆媳俩，同时袁家声早已低言悄语地慰藉他媳妇（北俗称妻曰媳妇）。

父子俩在家磨延了一息，怕耽搁了买卖，遂又一同到街坊上去。刚做得几笔买卖，忽见南仲式匆匆寻来，对袁家声道："我还道你在家呢，不料跑去扑了个空，到这里才寻着。怎么就舍得冷淡了我们那位如花似玉的新嫂嫂，放在家里，自己出来做生意？大哥，你真好狠心（打趣新婚）！可惜我没有大哥你这么好的福气，假使我要该着像你大哥一般，娶得着那么一位活观音相似的媳妇儿时，定必终身厮守着，无论如何，纵有天大的事，亦舍不得离开了她（打趣新婚）。"说罢，哈哈大笑。

笑得袁家声红涨了面皮，连头颈内都红了，只是低着头微笑（实是得意，凡此，皆是极力描写新婚情景）。半晌，才问他："你已到我家去过了吗？怎么不到街上来寻我，反而明知故昧地撞到我家中去做什么（数句写出他方才听说南宫学到他家去后之愠怒神情及疑心来人处）？"

南仲式笑道："我总以为新婚燕尔，定必在家中陪伴着新媳妇儿，尚未满月，舍不得就出来做买卖，所以我才一径到你家中去寻你。却不料你忙财要紧，已经出来做买卖了，这真是我想不到的事（暗写南仲式已去过），怎么嗔怪我，要说我是明知故昧呢？难道怕我将你那漂亮标致的媳妇儿看坏了不成（趣语，然亦系真故，其隐语也，暗写南仲式之往袁家亦隐含看人意）？"

袁家声红脸呸道："谁知你这么汗皮厚脸地净说笑打诨，你休油嘴滑舌地嚼蛆（趣语，世之油嘴滑舌者盖无一非嚼蛆也，一笑）。你去找我，究有何事，要这么捉落帽风似的（趣语）？"

南仲式笑道："没有事即不能找你了吗？当然是有事的。第一，顺便去看看我们那位新嫂子（不打自招，一笑）；第二，有一笔财爻，想特地邀你同去发（天下哪有这般好人？惜袁家声之利令智昏也）。"

袁家声笑道："你别烧煳了浑说（上海人所谓热昏也），哪有什么财爻？"

南仲式正色道："委实有一笔好买卖，是我的两个换帖弟兄来约我的，由他们出本，约我前去，大家利益均沾，除去开支，彼此对折。两个人就二一添作五，三个人就三一三十一，照着人数份儿摊派，不过他们只出钱不做事，做事却要我去。我想这是个发财的好机会，挣了钱，大家照分；亏了本，是他们晦气，与我无关。但是我如前往，终觉单纱不成线，独木不成林，孤寂寂的，一来路上无伴，太觉冷静；二则怕我个人的经验不足，出门去办货，上了人家的当，非有伴当同去不可。一则可以路上热闹些，二则可以有照应，不致上人家的当，因此我想着了你（谢谢承情照应，此即所用之计）。一则你不比别人，和我的交情很深，彼此从小儿在一起光着头长大了的，真个是患难之交，胜过嫡亲手足（越是奸诈者，其言也越甘）；二则你现在虽然做着生意，究非吃人家的饭，身体自由，可以立刻走得开，经验又比我好，又会说话，和我正是心腹；三则你现在的景况并不是十分的怎样好法，有此机会，正可借此发财，而且是永远的营业，整批地进来，觅票地出去，利息又厚，比你现在所做的贩卖生意，其安乐劳苦和利厚利薄，相差何止百十倍？因此我才不去找别个，特地来寻找你同去，要发财，彼此好同发（其言则甘，其心则苦）。"

袁家声笑道："我叫你休得有天没日地浑说，果然你又来水嘴，你说了半天，连做什么事都不曾说出来，可不是胡言吗？"

南仲式正色道："规规矩矩的事，谁和你打诨，委实是我的两位拜兄来找我的，岂有拿我开心的道理？我告诉你吧，由我的两位拜兄各拿五千两银子出来做买卖资本，命我做经理，到本省各地去收买药材，收齐了运到重庆来，卖给外省住在重庆收药材的水客，由这班驻渝水客从水路出长江，转运往各省去销。都是现银买卖，绝无一点儿拖欠。好在各省采办川产货物的驻渝水客，我前年在重庆做买卖的时节即曾相识，有几位且都有些交情。你想，这一万银子资本的买卖大不大，利息厚不厚？可不是个发财的机会吗？贩药材是我们的本分。再有件极好的机会，即是我们从重庆先将银子买上些土（按其时已在鸦片战役以后，各地之吸鸦片者已多，暗中照应时事史实）带到各处去卖，卖出款子来，即将现款收药材，药材的盈利，我们和东家对分，贩土的利息却完全是我们的财炎。大哥，你想，这笔生意岂不是发财的好买卖吗（南宫学所嘱之计如此）？现在各地都开着烟间，到处都有人抽烟。往日往茶馆里谈心的，现在差不多都往烟间里谈心。我们各做十一子买卖，保可稳隐地发财（编者按：在光绪年间，未禁烟前，鸦片烟价甚廉，各地烟间之设所在皆有，故本书如此云云也）。你如肯同我一齐前往，我即和我拜兄说明，委任我做经理，你即做协理。你我同为主人，另外再雇几名伙计，请重庆镖局里的镖师保镖，看情形酌定，如可以不用镖师保护时，即可不雇镖师，省得一点儿开支，即多得一点儿利益，你我即可多得一点儿净利。现在伙计已由我拜兄雇定了几名，可以不必再另雇（其计也如此）。倘所雇的几名伙计或有不听调度反掣肘之时，将来我们不妨向拜兄说明了停职，另雇我们的自己人（说得真好听）。"南仲式说时，很露着高兴欢欣的神情。

袁家父子听他说罢，心中虽然疑惑，但因他说的本钱是他拜兄拿出来的，伙计也由他拜兄雇好，听他指挥，这很像是他拜兄派伙计暗中监视他的。忖念："如照南仲式这么样的一个人，交一万银子给他去做经理，叫我也有些放心不下。他的拜兄不知是怎生一个人物。"想了想："好在这是顺事，一来不要自己拿资本出去，二来挣钱有份儿，蚀本无份儿。"因即由袁克昌接口问道："你拜兄是谁？家住本地何处？本来做的什么买卖？如果任家声做协理时，是否要保人和见不见面呢？"

南仲式道："当然是要见面后才可以正式委任的（其妙在此），保单当然也是要的（其妙在此）。这个我早已想过，家声兄的保荐完全即由我担任。我的保人却可以不用，因为我拜兄是信任我的；如不信任我时，何至肯将这重大的责任托付我呢？"

袁家声道："倘或要去时，不知你两位拜兄在何时可以到此会

59

见？我们须在何时动身？大约每出一回门，须要经过多少时日才能回来（新婚后者之心理如画）？"

南仲式道："我拜兄昨日还在我家住宿，今早才走，约定回去筹划现款，三日后再从重庆到此地来，那时你就可和他们会见。此番我亦是初出门收买药材，没有经验，不能定每出一次门的日期（其妙也在缓而不急，实系妙计），也但以所往的地点、路程，及预定耽延在各该地方的日期计算，大约每出一回门，往返至少须要两三个月。倘或耽延的时日长久些，许竟要至半年以外，亦未可知。"

袁家声道："大约每出一回门，贩卖黑货（十一子、黑货均鸦片别名）的利益且丢开不算，但预计收买药材的利益，每人约可分派到几何呢？"

南仲式道："我对于这层，久已盘算过了，大约至少以二分利计算，四成分派，每次每人也得派五百两银子，这是粗算，顶少的净利。如果行市好点儿，照我往年在重庆听得一班做药材生意的朋友讲起来，竟有对本对利，或者竟至有儿子比老子大的利息（趣语），倘能如此，我们每出门一次，竟可得到二三千两银子利益了。只要出几回门，老大哥（叫一句，得意之至），你我那时不都成了富翁了吗？这种不要自己花费分文作本，仅要自己辛苦辛苦的现成股东、发财的好买卖不做，却去做什么呢？你我现正年少，只要有了钱，将来享福的日期长呢！少壮时不辛苦辛苦，难道还须等到老时再辛苦不成（极像正经人口吻，妙）？"

袁家父子被他的这番话打动了（财迷心窍），不由大喜（袁氏父子喜，读者已暗为之吊矣。噫）。正是：

忠告善道方为义，巧言令色鲜矣仁。

60

毕竟袁家声应允南仲式之约，肯同往重庆去做买卖否，请待下回分解。

修竹庐主人评曰：

昔人有言，币厚言甘，其诱我也。南仲式与袁家声仅为同窗之友（见下文），交殊泛泛，乃肯代为担保，代为推毂，并愿以盈利按股照分，举目世上，焉有如是好人？已显然露其马脚矣。乃袁氏父子疑而不能察言观色，听其言而观其行，遂致罹杀身之祸，使公冶氏而无遗腹者，则袁氏之鬼且馁矣。故君子戒交损友，戒过信不实之言，戒临事而不能审思明辨。诗云："他人有心，予忖度之。"读书至本回，乃不禁废书自叹，而益信夫昔人之言。

南宫学之谋虽佳，使袁氏父子能不贪南仲式所言之利，而毅然绝之者，则其计虽狡，又焉得逞？

袁氏父子既疑南仲式之奉行，而又不能断，更不思夫南宫学甫去未久，而南仲式已来，蛛丝马迹，颇易寻按，奈何竟思不及此也！语曰："当断不断，反受其乱。"其袁氏父子恶恶而不能去，致陷人阱之谓乎！

第七回

口蜜腹剑鼓舌如簧
狠心辣手推人下水

诗曰：

从来甘言不可听，提防其中有别情。

饵我以利予我惠，世人后兹须小心。

话说袁家父子时适处于经济压迫、困苦的环境之下，一家四口终日劳碌辛苦，所入除足敷温饱以外，勉强能余，实亦有限得很（社会经济如此，世界哪得不乱）。先哲有言："民无恒产，则无恒心（忽引孟子以伸其说）"。袁氏父子究竟不是什么大圣大贤，能不怨天尤人、安贫知命？故此亦时刻打算，希望能得有良机，图谋发展（此心人人皆同）。叵耐世人只有锦上添花，绝少雪中送炭（人情世俗，为之感喟），遂致他父子的希望终成为水月镜花（水月镜花，若无南仲式之机会，则殆也）。

恰巧这天正值受南宫学讨债的侮辱之后，父子俩都觉得痛苦，正如哑巴吃黄连，有苦难言。古人云："饥则易为食，渴则易为饮（又引《孟子》作者，想系苏东坡第二）。"故此当时听南仲式的一番言辞说得天花乱坠（所谓鼓舌如簧），正如对症下药（是必毒药），因此遂为所动（却亦难怪）。但是他父子俩平素谨慎，心细胆小（胆大心小，智圆行方，始得能成事；若胆小，则畏首畏尾矣），因是南仲式的来头，所以仍不免怀疑，当时袁克昌遂又问他那两位拜弟兄的姓名住址。

南仲式道："我两位拜兄都姓姚，他二位本是本家，论班辈亦正是弟兄，一名家珏，一名家璜。家珏是我大哥，家住在重庆城里，剪子街，家璜是我二哥，家住在重庆城外河街。他二位祖籍原本是万县城里人氏，因为所有的产业、市房、住宅等房屋、田亩等不动产大半都在重庆城内外及乡间，万县只有少数的产业，故此才搬到重庆居住，好就近自己控制理处，万县的产业却交给庄房管理。我和他们两位结拜弟兄，是因往年我在重庆做买卖时节，由相识而逐渐交深，成为莫逆，才结为异姓兄弟，随后家声兄和他们二位见面后，即知他二位的为人和易、处世厚道了。当初我们结拜时，共是五人，还有另外两位，一位姓瞿，是我三哥，资州人，亦是在重庆做买卖的，现在已随着他的丈人往江南任上去了，不做商贾了。一位姓洪，年比我小，排行第五，亦是我们合江人，家却是住在重庆的。据昨日两位拜兄对我说，老兄弟上月由他伯父来信招往湖南去了，临行曾托他转告我，托他俩问我安好，并请我不要怪他未曾捎信来向我辞行（说得圆活，是善于谎者）。可惜现在都已动了身，不然，家声兄到重庆时，还可和他们两位也会会呢（注意在此）。"

袁家父子闻言，忖念："且待三日后，两姚来时，会过面，再定就不就这件事。现在不妨答应了，免得失去了良好机会（初意如此）。"因此，遂即答应下了，约定守两姚来时，南仲式好来相约和两姚厮会。

袁克昌并说："老汉也要和两姚见见（一言以试之）。"

南仲式一口应允（妙在有问必答，都不迟疑），随即作别而去。

袁家父子互相讨论，究不知两姚是怎生人物，如果是好人却也真是良机，休说别的，但那老猪狗的一笔债务总可就此清楚了（可怜）。无债一身轻，只要这笔短命债务早一天清楚，即早一天安闲自在，从此宁可穷到饿死冻毙，无论如何，切勿借债（受感之痛苦深，故不觉言之切）。

　　到晚，二人回家，袁太太开门，即说："今天真正倒霉。"

　　二人忙问又有何事。袁太太说："你二人出去后，我关了门，才绩得一些麻，忽然又有人来敲门。问他是谁，来找谁的，他说姓南（妙妙），来找家声兄的。我听见姓南，心中即生气，随即没好气地回他，说：'不在家，出去做买卖，还不曾回来。你要找他，可即到街上去找。'我说罢，即回进堂屋做活儿。他仍在门外叫开门，我给他个不睬，他才走了（南仲式想看新娘芳容，不料落空，妙）。你们可曾见着吗？究竟是个什么人？"边说边闩上门，一齐走到屋内。

　　父子俩将南仲式来找，所说的话告诉了她婆媳俩。婆媳俩听罢，不由转怒为喜。袁太太说："我还当又是那个老不死的王八又同了爪牙来，所以不睬他。早知他是来有规矩正经事的时，却不应该这么怠慢他。南仲式那孩子我是曾见过几回的，虽然有些油滑，然而也许他能真个有两个好朋友。倘若家声能借此机会成功事业时，真是造化，也许这是媳妇的好福气（旧时代迷信星相之妇女口吻活画）。"说得公冶氏红面低了粉颈，直不起头来（是新娘子神情）。一家两对老少夫妻很欢喜地吃过晚饭，又做了些活计才睡。

　　过了几天，南仲式才到街上来会晤袁家声，约他就去和两姚厮会，并请袁克昌也同去见见（使其不疑）。父子俩闻听，即邀他同回家去，更换衣服，一路问他两姚现在何处，寓在哪里，约在何处相见。

　　南仲式回说："两位都寓在我家中，此刻在东街品芳茶楼上喝茶，特地命我来相邀。"

父子俩到家让他坐着，忙换衣随同他匆匆到品芳茶坊楼上暖阁里去。果见暖阁内有一副坐墩上坐着两位少年，一般都是净白面皮，衣冠齐整，相貌端庄（我为此四字叫屈，越是奸人，其貌必端庄），气象豪华，颇像个贵介公子。背后各侍立着一个小厮，很恭敬地伺应（其计如此）。

袁家父子见了，心中的疑云登时去了不少。

那两个见南仲式同他父子进来，忙起身迎接，当由南仲式给两下介绍了，随即唤茶博士添泡了两壶好茶，重让了座。两名小厮在旁倒茶装烟。彼此交谈之下，即便定了契约，当向茶博士要过纸笔，由姚家珏起草，写了合同草稿，大约说某某等四人同意合作药材生意，其办法由某某俩各出银五千，由正、副经理交某某俩往各产地收买药材至渝（重庆地名）销售。某某二人即以劳务为资本（此类办法，颇似今之两合公司中之无限责任股东，所异者无限责任股东须负无限责任，而南、袁二人并不负损害责任耳），有利，即照四股摊派，每收销一次，即结账一回（利以饵之）；如损，则系市面关系，不咎南、袁股东。写好，交各人过了目，都说很好，当即命小厮往纸铺内去买了合同纸来，由家珏照抄了一份誊清，余请袁克昌代笔照抄。抄毕后，约定守南、袁二人到重庆后交银签字（其计如此），合同即正式有效。

二姚并问南、袁二人，何日可到重庆，好预备迎接。南仲式说："自己要走马上就动身也可以，只是袁大哥燕尔新婚，当然有些一时难舍难分（妙在体谅，打趣得好），这个须请袁大哥自己酌定。"

袁家声沉吟着。袁克昌想了想道："俗例新婚后，须一月不空房。现在小儿已将满月，不如守到蜜月以后再动身前往，少不得还有些私事料理，准定在七天以后即行动身，大约还可不致误事吧！"

二姚道："只要一准在第八日动身，也还不致误什么大事。"说

65

罢，即唤茶博士到来，算给了茶钱，便起身作别，一同下楼分手。

袁家父子俩径行回家，换了衣服，便将会晤后所谈情形说给婆媳二人听了。婆媳俩亦都喜欢，只是公冶氏心中喜而兼忧，觉得丈夫就要动身出门，有些忧形于色（为一班妇女写照）。

父子俩更衣毕后，仍到街上做买卖，到晚才回（写父子之勤苦）。从这晚起，袁家声即端整行装，公冶氏忙着洗衣服，修补衣裳，添做鞋袜。夫妻俩蜜月回门，同到公冶氏母家，顺便将即要动身的话告知，公冶氏娘家的亲长都各给他道贺（且慢贺着）。于是公议留袁家声一日，设宴给他饯行，并送他许多食物等件。

公冶氏的母家怕女婿出门后女儿冷清清地寡欢，特定在女婿动身后，接她回家来盘桓（写俗事极细腻）。

当日夫妻回家，次日，又同到公冶氏娘家去赴亲长的饯行宴，到晚才回。袁家声即去通知南仲式，约好明早动身，彼此同在街头上茶坊内会齐，雇牲口代步，先到先等。

第二天早起，袁克昌因不放心，特意先事预备同往，故此是日即伴送家声，同到街头上茶坊内和南仲式会了齐，一齐动身。晓行夜住，一路趱程到重庆，先投店住宿，即由南仲式独自（着眼）先去约会二姚到客栈内来会晤袁家父子。彼此见面后，二姚即领导他们三人同往预先在街上赁就的市房内去，门首已挂着新招牌，是公兴盛药行。到得里面，二姚即将已雇就的几名伙计介绍给南、袁两位，并取出新账簿来，交给二人点收，同时开银钱柜，将一万两银子庄票并交给二人，又将本城镖局里的镖旗也交给了二人，并命学徒往镖局内去请镖师父及伙计来，彼此厮会了，当日即将合同签了字，各执一纸为见，择定吉日动身，约镖师到期在本行会齐同行，并于行内治酒给袁家父子、南仲式三人接风，即请镖师及伙计作陪，命行内雇用的司夫往客店内去将三人的行李搬了来，在行内居住。

袁克昌见果然井井有条，事事都真，并非浮滑，心中安定了，即于次日当面拜托南仲式及二姚，并谢承情照应小儿（呜呼！父母爱子之心无所不至，奈何人而不孝也）。三人同声逊谢。袁克昌即告别动身回家，二姚留着盘桓了一日，设宴送行，并赠送两件盘缠（其计如此）。袁克昌道谢收了，当夜叮嘱家声，路上小心，凡事谨慎（关心也如此，噫！人孰无爱于其父母乎？奈何不孝也），直叙谈到半夜才睡。

次早，袁克昌别了二姚、南仲式等，托谢过众伙计等，方才动身回家。

袁家声到期同着南仲式及伙计、镖师、镖伙等一同乘船动身上路，南仲式带着先期收的土往各地去发售，即在各地收买了药材，派两名伙计在适于地点住店，将已收之货交他俩在店内看守。于是二人又引领镖师、镖伙及伙计等人同行，另往别处去收货，收齐了到集中地点与守候看货的二伙会齐后同行押运货物，回转重庆销售。

这一次出门，共经过了三个多月，结算下来，共盈余净利三千多两，每人分得八百多两银子。二姚提议，主张将盈余的银子留一半在行内，存放在庄上生息，余半数各自领回。南仲式首先赞成，袁家声亦只得欢喜应诺（欢喜而冠以"只得"二字，其欢喜也亦仅矣）。当时分得四百多两现银收了，约定第二次出门的日期，即别二姚及众伙，同南仲式回合江花草坪家中。到得花草坪，先行同到南家，将贩土的利息每人一千多两银子分派了。袁家声收后，才回到自己家内去（妙在第一次居然实地做买卖获利，其计如此），一家团聚，都各大喜安慰（读者为之恻然）。当日在家欢宴，次日，袁家声即去拜会亲友，将所带的东西分赠给钱行送礼的各亲友家答谢，于是亲友们又分别接风，很热闹了几天。

看看又到了约定的日期，袁家声又告别亲友，同着南仲式动身。到重庆后，即拿了一万庄银，约同镖师等乘船动身（着眼并不带土）。

在路行程了好几日，那晚，船靠在一处港口内，晚饭后，南仲式到船头上小解，忽然大声连连称"奇怪奇怪（到此才实行计）"，唤："家声兄，你来看，这是什么东西？"

袁家声不知是诈，钻出舱来，走到船头上，问看什么。南仲式指着水内道："你瞧，这是什么？"

袁家声低头看时，不防南仲式从他背后猛然使力一推，扑通栽下水去，顷刻沉入水底。正是：

从此脱离人间世，追随波臣逐水流。

毕竟南仲式谋毙袁家声后如何，请待下回分解。

修竹庐主人评曰：

南宫学之调兵遣将，布置网罗，不从南之方面写来，却从袁之方面写去，能使读者测知南宫学所运之筹算方案，不觉其省略，反觉其详明，尤能使人不厌其详。极力刻画渲染，妙如初写《黄庭》，恰到好处，是诚非俗笔所能望其项背者。

袁氏父子于南仲式，愈写其妙闲精细，乃愈见其计策之妙，盖欲使愚人上当易，欲使智者上当难，故本回文字乃愈觉其加倍出色焉。假使袁氏父子并不疑心南仲式有诈，并不出以谨慎者，则南仲式尽可不必秉承主命，大费周章矣，而本回文字即觉其毫无意味，故本回之妙，即在袁家父子，而不在南仲式之巧言令色，在施计之难，而不在施计之易也。

南仲式之调侃袁家声，句句为新婚燕尔者绘影绘声，

68

真惟妙惟肖之笔。

　　读者阅本回事实，定必以为南宫学有如许之财、之势、之力对付一袁家声，何必定要小题大做，如此张罗布网，假以时日，而后始行实始？斯说也，因将人之疑之，而不知袁克昌为一读书种子，其家世非乡愚之绝鲜交游可与比伦，倘有人焉，愤其不平，出而为之主持，则南宫学将必败无疑矣。且南之地位，为花草坪缙绅，若明迫袁家声让妻，或暗杀其父子，火其寓庐，强劫其妇，则悠悠之口甚于决川，人其为之何耶？故不若迂回曲折，以退为进，假以时日，然后始取之，既可避杀袁家声之恶名，而观夫下文，则知南之所使金钱，实亦等于取之内府，藏之外府耳，因不稍损其毫发也。兼以行文论，倘如上述，亦殊觉其率直乏味也。

第八回

突如其来强盗捕快
倏然而去友人仇家

诗曰：

奸谋虽成亦何如，博得身首遭显诛。

为劝世人休强暴，请观南家报也无。

话说南仲式将袁家声推落水中后，故意大声嚷叫："不好了，你们快来，袁大爷跌下水去了，快来救人啊（假装给谁看）！"

船上的人、镖师、镖伙、药行伙计、艄公、舟子，上上下下，本都和他是一鼻孔出气的（到此始行点名），闻得呼唤，尽管口中问："怎么了，袁大爷哪能跌下船去的？快些捞救，快些捞救！"

口中虽都高唤乱嚷，只是嘴动身不动地故意延挨，直待南仲式嚷了多遍，船上的艄公、舟子方才脱去了衣服（脱衣者延挨时刻也），跳下水去。镖师等人都各走到舱外盖舱板上来，询问原因情形（都假得好笑）。反是停泊在港口的隔船上人闻呼救声音，先后跳下水去捞救（写旁人，所以形其恶）。

南仲式在船头上假造出一番话来，指手画脚故意地装出急杀吃惊的神气来，告诉镖师、伙计等人。邻船上人也都钻出舱来，听他诉说，并插言询问跌下去的原因情形（偏是闲人着急）。

南仲式说："袁大爷匆促出到船头上来，看水中的东西，不知如何，会失足跌下水去。及至我抢着拉救时，早已沉入水底里去了。只恨我不会泅水，我如识得水性时，早就跳下水去救他了，也用不着嚷叫别个捞救了。"

邻船上人听得，将信将疑，但因事不关己，人命非同儿戏，未可强预人事，所以都唯唯否否地不说什么疑问的话（闲人当然则说闲人话）。镖师等当然唯唯应诺，只都同声异口装作着急的口吻，说："怎么好？怎么好？如有天菩萨保佑，或者还可以有救。假如彼淹死在水里，不但我们办货的事以及行里的买卖须要受极大的打击。便是袁大爷的家中，我们该当怎生交代？这善后可就真正非常难办了，这便如何是好？"

南仲式只是急得在船头上跺足叹息（猫哭老鼠装给谁看）。正在唉声叹气，下水捞救的人已先后各从水底浮出身体来回转原船。本船的艄公、舟子已从水底里将袁家声捞着。说也可恶，袁家声被打跌下水，沉在水底里，虽然被水灌进了口，但是顺着水势，往下游流去时，还有生望。如果就捞救上来，捏一捏水，尚可不死，偏巧本船的艄公、舟子早已接受过命令，在水中追着袁家声后，不但不曾马上就将他救出水面，使他不再吃水，反而借着救他的名，行害他的实，将他掀在水底里，狠狠地守他灌足了水，料已断送了性命之后，方才将他从水里往回里拖。逆着水势，不将落水遇难的人先托出水面，当然很费力。艄公、舟子本系故意借此延挨时刻，才好送他的性命。

那别船下水帮忙捞救的人初时因未能即刻先看见袁家声躺在哪里（真是气数），反致寻见时，早已被南仲式船上的艄公、舟子先寻着了。他们总以为本船的人救着了客人，当然绝无恶意，因此并不曾上前来帮助。水底不比得岸上，可以张开口来说话，故此见艄公、舟子等本船人救本船客的方法不佳，未能唤叫改良，只不过给他们着急，暗说："兀的这不是遇救，简直是遇着催命鬼（难逃旁人之目）。"欲待上前援助时，他们本船下水的人并不少，早已抱头挽足拉手地将难客的身体全支配了，哪还有插手入足的空隙呢（补一笔，写其极可恶），因此一气，大家只得带怒各自回转本船去，立在舱面上，看他们怎样将人救上来。

及至艄公、舟子等将袁家声尸首拖上船来，大家在隔船远远看见人已死了，不由一齐抱义愤，忍不住说道："你们哪里是救人，简直是杀害人命啊！这大冷的天气，春寒正属（上文说在秋季里，又说经过了三个多月，计算时日，一笔不漏），不淹死亦当冻死了呢！"

艄公、舟子们见隔船的人责难，便都强词自饰，说："这人不识水性，别人救他，他却两手死命抓住人不放。我们如非人多，几乎被他抓住不放手一同淹死在水里（此亦系普通落水遇救时之通病，故言之颇像）。诸位不曾看得清，反而错怪我们，我们吃力不讨好，真正冤哉枉也呢。常言'医生有割股之心'，我们本船的常年老主顾客人，无冤无仇的，岂有我们反而救他变作害他的理呢（言亦成理）？朋友们，凡事不关己，关己则乱，假使诸位做了我们，下水救着像这位袁大爷一般在水中抓着不放手的人时，定必也要和我们一样呢，能不被他抓住了一齐淹死，已是造化了。诸位隔岸观火，真说得好风凉话儿，当心舌头底下压死了人。朋友们，可必应了'狗咬吕洞宾，不识好人心'的俗语了（反词以责之，言亦成理，且甚有趣妙）。"几句话居然将别船下水救人开口说不忿话的人说得顿口无言。

这边船上由南仲式起，无不一齐假意着急，猫哭耗子般显露出

72

哀容忧急来（趣语画出假慈悲来）。次日即回船驶转重庆，到重庆，即由二姚、南仲式等代为做主，报官备案（手续清楚），转将袁家声入殓，邀同镖师做证，由二姚、南仲式等运着袁家声的灵柩，径送到合江花草坪来，并先行派人趱程赶往袁家去报丧。

袁家得报，一齐大惊，忧恨痛哭，无不哭得死去活来。邻居得信，齐赶来劝慰，但都暗叹一句："唉，这真应了'祸不单行'的俗语了（借俗语转补写到南宫学计策）。"

原来袁家当袁家声动身后，准备当日就拿那分派得着的银子，拿出点儿零碎银子来，先将南宫学的债务了清，再预备做别项事业。哪知即在这天，刚计算查点清楚，用纸包好几十两足纹，余款还未点收入箱，忽然冤枉凑巧，有人敲门。袁克昌放下银子，出去开门，只见来者共是六个大汉，都是重庆口音："请问袁克昌老先生在府上吗（是不相识口吻）？"

袁克昌见来者都不像正式的规矩人，并无一相识，即回说："袁克昌不在家。"

六人将他仔细看了看，内中有一个像是为首的人即笑说道："怎么不在家呢？老先生，你为什么当面欺人？扯什么谎？你不就是袁老先生吗？我们找你有正经事，你又不做什么败心昧己的缺德之事，无端地要瞒人，不承认自己是袁克昌做什么呢（语冷酷而锐，颇咄咄逼人）？难道我们别了才三年，你老先生竟贵人多忘事，不认识愚下这么一个穷措大了吗（竟说是相识，妙）？"

袁克昌被那人诈语一责备，一时反以为来人果曾在何处和自己见过，因此只得胡乱应诺，说："老哥莫见怪，请恕老朽一时眼生，记不起足下是哪位了（着了道儿），敢再请教尊姓雅篆。同着这几位驾过寒舍，不知有何事见教？"

那人听罢，从鼻孔儿里哼了一声道："原来你果然正是袁克昌

（可骇），我们奉本官的命（竟说是奉官，妙），特地到此拿你。你自己做的事，还不知道吗？假装什么痴呆，反而请教我们有何事故（可骇）？实言相告，你儿子新近借着出门做生意为名，伙同江洋大盗在重庆做了杀人越货的人命盗案（盗案尤妙），经事主告发到我们衙门里，本官派我们众弟兄限期破案。经我们多方打听，方才觅得眼线，将你儿子的同党捉住了几名，供出你家的住址，特地前来捉拿你父子到案（骇杀）……"

那人未曾说完，即有另两个开言道："老大和他多说什么？管他是什么案子，有话尽管让他到合江县衙门去说，这会儿我们办我们的事要紧。"说罢，即从怀间摸出铁索来，哗啦一抖，向袁克昌头上就套，随说："弟兄们，先关上了门，将他全家看守着，不许擅动，我们且到里面去仔细搜查搜查，看有没有赃（主意在此）。"

大家应声正是，即便分头办事，由一个关上大门，由两个从腰间各亮出口晶光雪亮的快口来，威吓住了袁克昌言动，押着他同进堂屋里来坐着。另两个也各从身边亮出匕首来，闯进房去搜查（急杀），又一个即威吓住了婆媳二人。

袁克昌全家见这班狼虎似的人口称检查，究竟心不虚，自知不曾犯过法，所以虽然吃惊，却甚安定。同时袁克昌却反问他们大众："既是奉命捉人，搜查民居，就该先拿出签押的牌票来给我看，只要是真凭实据（已疑之矣），老汉就同你们去打场官司，亦没甚要紧（颇能安定不乱）。"

众人中那个为首模样的人正押着他，见说，即冷笑道："果然是个老贼，口词真很老，你要看牌票也罢，我即给你瞧瞧。"说着，做出要摸出来的模样。

那另一个押着袁克昌的汉子拦阻道："老大真好心性儿，谁耐烦和他多话？他要看公事，顷刻带他到保甲局去时，再给他看也不为

74

晚。"说着，即高喝袁克昌道："老贼，你也配多说话，要牌票看吗？再多说话时，留心你的嘴巴。"

袁克昌见两人分明一做红脸，一做白脸，究不知他们的葫芦里卖的什么药（此之谓妙计锦囊）。此刻他们人多，多争论反而先吃眼前亏，只得默然不语。

同时只听那两个人进房搜查的高嚷道："赃在这里了，赃在这里了，还有什么话说的？时候不早，我们就带了他走吧！先将他寄在保甲局里，借家伙（刑具也）将他上了，我们好同去上馆子吃喝，回来再押他进城，往合江县衙过了堂，再将他押到重庆去，见本官原案。"边说边走将出来。

袁克昌看时，只见在二人手中，分托出那一千四百多两白花花的银子来，对着自己道："赃证在此，你还想狡展些什么？你一个做小本经纪的平人，哪来这许多银子？"

袁克昌欲争辩时，早被那押守的伙伴啪地就是一个巴掌，打得几乎头昏目眩。那两名搜检的汉子即将银子用包袱包好，提在手内。守门的即将大门呀地开了，大众一声吆喝，不由分说，即便簇拥着袁克昌向外就走（骇杀），推推拉拉。

袁克昌上了年岁的人了，生平从未见过这个阵仗，这时焉能经受得起？因此只得跟着他们同走，边走边忖念他们的来历不明，再看是否同往保甲局去（顾能安定不乱）。及见六人簇拥着自己像赶猪般（趣语）往僻静处去，并不往保甲局去，必知有异，即便狂呼救命。

那拉牵着铁索的人见他大声呼唤，即使劲将他向前一带，脚下一钩，手中铁索松了一头，袁克昌便应声扑通跌倒在地。那人将铁索一抽，呼哨一声，六人即齐道句："对不住，多谢袁老先生！"即便拔脚如飞地逃跑。

等到袁克昌从地上爬起来追时，六人早已飞跑得无影无踪，不知从哪条街巷取路逃走了（其计如此）。袁克昌见追不着，忙赶回家中。

袁太太、公冶氏婆媳俩正在家中顿足大哭，邻舍人家得知，都先后走来查问情形，无不给袁克昌捏一把汗（听书的给古人担忧）。正在你言我语地纷纷议论，见袁克昌匆匆跑回来了。袁太太婆媳忙问："怎得就平安无事地回来？"

袁克昌蹬足叹气，流泪先劝她婆媳住哭，一面将六人将自己带倒，逃跑追赶无踪的话说了。大众听得，齐声安慰他一家："财去人安乐，现在只要报案请缉，或者尚可得能追回些原赃，亦未可知，切不可过于伤悲（闲人只说闲人话）。"

袁克昌止泪命老婆儿媳："权当家声不曾出门，未能挣得这笔款子（聊以自解）。"又说："这定是家声同南仲式由重庆回来时，在重庆露了白，或是泄露了风声，所以才有此意外（此盖因六人操重庆口音，而连类思及也。"智者千虑，必有一失"，此袁叟之所以愤愤也）。我且去报告保甲局，并请保甲局呈县行文到重庆去，缉拿在逃的六人。"说罢，即进房去查点物件。果然除去现银之外，还失去了几件半新不旧的绸衣。这绸衣还是公冶氏赔嫁的嫁衣（找一句说明之），并两样银首饰。

袁克昌查点清楚，开了失单，写好报告的节略（写失衣、饰两事，乃所以形南党无耻），折叠拿在手内，匆匆前往保甲局去报告。保甲局准状，即便循例派人跟着他到家查看过情形，回去报告后，即起稿呈文到县里去。

袁克昌送保甲局的去后，关门回转屋内，正待收拾完毕，忍着身上跌痛，出去仍旧做买卖，忽然公冶氏腹痛如绞。袁太太见儿媳腹痛得如此厉害，知道儿媳是因适才的惊急哭泣顿足等关系，冲动了胎气（暗写公冶氏出阁后即已有孕，且为家声有后也），当即告

76

知丈夫。袁克昌忙着又赶奔到收生婆危姥姥家去，将危姥姥请了来，看是如何了。危姥姥一见公冶氏的腹部隆起情况，伸手一按，即笑道："恭喜府上丁财两旺（方才破财却说他是财旺，言者无心，闻者难受，趣甚），不但少奶奶腹中是男喜，而且是双胎，一对金童下凡（偏有这许多恭维话）。府上的洪福齐天，造化不小（愈恭维乃使当者愈难受，趣绝）。少奶奶是头生（言初次产生），又是双喜，这回生可真不易接，将来必须多送给我红蛋吃。"又说："此刻还不曾足月，虽然冲动了胎气，并不要紧，尽管请放心。现在除去服保胎的药外，宜乎安睡，切不可乱动（好画出收生婆口气）。"说罢，即从身边取出个小手折来，寻着了一个保产安胎的方子，指给袁克昌看了，请他照抄了下来："往药铺内去购一贴药来给少奶吃，煎服了这剂药之后，保可平安无事（拿得稳，比今之所谓产科女医好上何止几倍）。"

袁克昌夫妻听说是男喜，又是双胎，心中颇为欢悦（喜抱孙也），但又不免怀忧（忧经济也）。

当由袁克昌将药方照抄毕后，将折子交还危姥姥，即往街上去购药。购药回来时，危姥姥已被别家接去收生。公冶氏仍旧腹痛，睡在床上呻吟，直待袁太太将药煎好，服下之后，方才止痛安寝，果然安了胎。过了几时，那天，袁克昌在街上正做着买卖，忽见邻居家的大男孩子飞一般气喘吁吁地跑来，口中嚷着："袁老先生，不好了，你家家声大叔死了（石破天惊）。"

袁克昌闻言大惊，忙问他："这话是听谁说的？真话还是假话？"

那孩子立定脚，喘着气道："你家老师娘亲自叫我来请你回去的，哪会假呢？"

袁克昌闻言，吓得真魂出窍，随即丢下买卖，也不和那孩子多说，即便匆匆跑回。到家时，果见门外停着口黑漆的棺材，门内哭声震耳，人语嘈杂。袁克昌赶将进去，正见老婆、儿媳号啕痛哭。南仲式同二姚，及几名伴当分别坐立在堂前，和两位邻舍说话。见袁克昌回来，大家上前迎接，由南仲式发言，说："袁家声自不小心，落水身死。"二姚也帮着说："是家声自不小心，当时舟子等打捞了许多时辰，才捞救起来，可惜为时过久，家声兄已经气绝。现在由我们大胆做主，暂行收殓，抬送灵柩到此，略尽我们朋友义气，棺盖并未加钉，要看尽可开棺看视。我们深恐府上不祛疑，所以特先在重庆府县衙门存过案（点破一句）。现在人死不可复生，府上长幼人等都只宜节哀顺变，不可过于伤悲，伤悲本已无益了。"

二姚又说："家声兄的惨死，虽然系他自不小心，究竟是为了我们的买卖，方才出门身死的。现在身后之事，我们不得不帮同料理，因此我们议定，由船上拨付五百两银子，算是行里的恤金。另由我们自己各送二百两银子，算是治丧的费用，总共一千一百两银子，现在我们都已带来。"说罢，即命伴当将银子取出来，当面交代袁克昌，并命伙计将袁家声的衣服等件也都当面点明了，交代清楚。

袁克昌此时心中正如酸甜苦辣齐到，正应着俗语"欲哭无泪"的话头，明知儿子死得蹊跷，但因落水身死，不比得中毒、被打等死，可以有伤可验（想得亦颇周到）。且听得他们说已存过案，这一招已被他们占了先，遂决计姑且先收了银子，将打官司的本钱弄到手，随后再去告状，也不为晚。因即接受了银子，交老婆收进房去，一面又要求多给恤金，庶几儿媳年轻守寡，将来才可以维持生活。二姚等人自己一商量，随即慨然应允，再增恤金一千两银子，当即命伙伴再从包袱里取出来（惠而不费，乐得做人情），交给袁克昌。于是大家即推说另外有事，告别走了。

袁克昌收了银子，送过众人之后，即劝婆媳俩止哭，一面央请邻居帮忙，将柩材搬进来，搁在堂屋下手的旁边（以其小辈），即日措办丧事。公冶氏哭得死去活来，在柩前成了服，要求公婆做主，务必开棺验看，请求写状，进城控告。袁克昌夫妻哀痛悲愤，当时劝慰儿媳，答应撰状去告南仲式、二姚等人。

当晚，袁克昌写好状子之后，已将半夜，劝婆媳俩去安睡，自己才去安息。哪知即于这天夜间，被窃贼掘壁洞进来，将所有的银子完全偷去，另外还顺手牵羊，连衣服、香炉、烛台也偷了去（其计如此）。等到袁克昌等起来发现时，早已贼去无踪。袁克昌全家见此情形，一齐急得半死，惊慌哀痛，一时交并。正是：

　　　　时来风送腾王阁，运去雷轰荐福碑。

毕竟南宫学如何逼迫袁克昌，请待下回分解。

修竹庐主人评曰：

　　袁克昌之所受，恍如塞翁之得马失马，其祸福竟有类于梦景。噫嘻！人生营营，孰非如梦耶！

　　本回书曰：强盗捕快、友人仇家，强盗友人，而与捕快仇家同书，则亦隐寓风世之意也，斯殆作者有感而发也欤。

　　"福无双至，祸不单行"，观于袁氏父子之事，乃益信此二语之绝不我欺。女子红颜者，辄多薄命。公冶氏于是乎媚矣，此世之美人，所以都为强有力者之蹂躏品，而贫匮者每多纵得美妻，亦均鲜克有终也。嗟乎！

第九回

举两雄孀妇幸有后
下说辞豪仆作冰人

诗曰：

> 胆大心细谨提防，有备无患实自当。
>
> 行人戒心皆如此，哪致中途被暗伤。

话说袁克昌一家次日起来，发现了窃贼掘洞偷去财物的事后，既悲哀痛切，又惊疑交集，一家放声顿足地恸哭了一会儿，呜呜咽咽地好半天，方才止住。

袁克昌因上次被劫、此番被偷、儿子身死等事，遂生了疑念："因为根本的来人是南仲式，再从南仲式身上着想，忽然想起南仲式是南强的儿子，南强是南宫学家的家人。那天来约家声，正是南宫学来讨债之后，经过了这许久，南宫学绝未来讨过债，从这情形推详上去，定必系南宫学安排的什么绝计（智者千虑，必有一失；愚者千虑，必有一得）。"袁克昌想到此，愈想愈像，想着："南宫学家中平时来往的绿林大盗、路过小窃，本系最多的，劫、窃两事自在意中。那两姚或许是他家的门客，亦未可知。因念自己无拳无勇，又无有

80

财力，如去告南宫学，毫无凭据，即有凭据，亦分明和以卵击石一样，看来儿子的冤死亦只好凭着阴灵去捉他，和天理去报他了（弱者含冤，言之可悯，世固不仅一袁叟也）。"想到伤心之处，不由又号哭起来。可怜袁克昌虽已测知内情，但怕老婆、儿媳伤心，或要寻死觅活地要求去告南宫学主使，惹出事来（言之可怜），故此只得打落了门牙往自己肚内咽（可痛），绝不告诉她婆媳俩知道。哭了一场，即拭泪循例前往保甲局去报案。从保甲局回来，缓缓地将"小小衙门朝南开，有理无钱莫进来"的两句俗语（两句俗语抵得一部官场丑史）说给他老婆、儿媳听，劝她婆媳俩忍痛含悲，随后等机会再作道理，不然，现在无有银钱，倘去告南仲式，南仲式花费了钱，县官将案做反了，马上就是个诬告罪名。现在只有加紧催保甲局和县里破上次抢劫、此番偷盗的两条，两条破获，即可水落石出（无可如何，只得如此）。

婆媳俩听了，亦只得痛哭流涕地忍受。袁克昌即去请瓦匠来，将墙壁砌好了，并给儿子举办丧事，将棺盖暂且用钉钉好，等到尽了七，即将棺枢出殡送到祖坟上去，暂时浮厝着。同时公冶氏因已怀孕足月，连日劳恸哀哭过甚，又冲动了胎气，出丧回来后，即便腹痛异常。袁克昌赶紧去找危姥姥，所好公冶氏的老母、嫂嫂（公冶德妻）都因送丧在此，不用再去请。至于生养时及生养后的物件、手续等项，婆媳俩早已于数月前陆续筹备，所以此刻并不须临事周章（亏得如此，否则将大为难）。

当时公冶氏虽系初生，但因平时做活，并非不劳动的人，所以临盆不难产（往往有孕之妇不肯劳动，以致难产者比比皆是。作者言此，殆亦讽世也）。果然应了危姥姥的话，所生是男，并且是双胞，都是男婴（如无后，是无天理矣，故为此说，以劝世耳）。

当日生产毕后，一家人悲喜交集（悲家声，喜弄璋，写来一笔不走）。危姥姥因袁家境况不佳，自愿尽义务，并不要酬报，仅要了四只红蛋，即便作别回去。

公冶氏的老母怜惜女儿，特将自己的体己齐命儿媳回去取来，贴补给女儿使用。公冶氏的嫂嫂亦怜悯姑娘的哀苦，也将本人的体己拿来贴补姑娘，同时袁家、公冶氏娘家的亲戚皆因公冶氏年轻守寡，生下两个遗腹子，大家都给她欢喜，无不竭力送现款来接济用度。因此袁家的经济反比前宽裕了许多，一家三口的心于是略放宽了些。

公冶氏的母亲由产两外孙的这天起，即留居在袁家，好照应女儿，帮同袁太太做活儿，并看待外孙洗换等事。洗至满月，照例亦颇热闹。双满月后，公冶氏的母亲即接公冶氏回娘家去住，同时公冶德已从外面打听得他妹夫的死，及被劫被偷的事都是南宫学所使的毒计。

本来天下的事总是要得人不知，除非己莫为，南宫学在暗中遣兵调将，用尽心机，所使的计既毒，差的人又多，哪得个个都守口如瓶呢？所以消息就透露出来了。不过这走漏消息，说给公冶德听的人并非合江县花草坪本地方的人，乃是个从重庆来的过往客，在鹿鸣旅馆里无意中想起，向小二打听，本地有没有南宫学想谋夺袁克昌家儿媳活观音的话（天下机密泄露，往往出于意外）。那小二恰巧正是公冶德，因此公冶德才能知道详细，回来暗暗说给他老婆听，叫老婆休说与母亲、妹子知道。

他老婆问他："那二姚等人是南家的什么人？"

公冶德道："据那位住店的过路客人说，南宫学要债回家后，吩咐他家人南强转命南强的儿子南仲式，去约袁家声做买卖。南仲式往年本从过袁克昌读书，和袁家声是师兄弟（补叙南、袁二人关系），南宫学往年曾津贴过学费，所以得知南仲式和袁家声很有交情，当

82

时南宫学想谋夺我妹妹，特向南强许下愿心，答应事成之后，准定赏他五百两银子，并将本宅太太房中的大丫鬟梅香赏给南仲式做老婆，应允赠嫁妆奁，除金首饰四件、皮箱两只，满装绸布、衣服外，并赠二百两现银（此前回回目所以书曰贪赏也）。

"南仲式因为贪得梅香（色），又贪得银子（财），所以才丧天良，做卖友的事。那两个姓姚的并非姓姚，乃是南宫学的门客，派在重庆城外庄房里办事的人，镖师是他重庆庄房里护院的教师，那来扮捕快的六名大汉都是南宫学重庆庄上的打手，跟从那护院教师练武的人，船是他庄房里收租载货的船（一齐拆穿，原来如此）。这些人全是住在重庆城外乡间的，所以本地无人认识。那偷东西的窃贼并非别人，乃是路过本地的一个小偷，受南宫学的命，偷那笔现银回去的。我当时反问那客人何以能够知道。客人说，他和南宫学庄房里的收租人王老三是相识：'此次在乡间收租，彼此同在一家佃户家中遇见，多喝了几杯酒，各谈说些新闻事儿，他才将此事告诉我，叫我不要说给别人知道。我疑心他是信口吹牛，说的醉话，当时曾和他打赌，如果没有此事，将来要他罚一坛酒，所以我路过此地，才顺便打听打听，看有没有这件事。果真是有的，他叫我不可告诉人，因为这是人命关天的事，非同儿戏可比（既叫人不要说，何如自己不说呢，此等人世上最多）。'

"我当时听得了，心中气得发抖，口中唯唯否否。虽说妹夫已死，但是谋夺我妹妹的事并不曾实现，所以我还心疑。但昨儿我打从南强自己家门口走过，正见他家门口摆着一盏红字大灯，问那照门的，照门的说是南仲式讨南公馆的大丫头梅香做老婆，今日是喜期。我听了这话，并不曾介意。今天拿客人的话一对照，觉得客人的话完全是对的，只有想夺我妹妹的话尚不曾实现，且待将来果真实现时，再作道理。"

他老婆道："果真将来应了客人的话，你又当如何呢？"

公冶德道："没别的，我预备拼却一条命，亲往省城去控告南宫学，以免本地府、县衙门不准状及吃苦的麻烦。万一不准，决计进京去告御状（虽不必有此事，却不可无此言，盖此乃天地之正气也）。"

他老婆也义形于色地道："将来果真实现，你纵怕事不去，我也要独自前往告状的，料想妹夫阴灵有知，亦必在阴间保佑我们的（好一对儿可敬的贤伉俪）。"

公冶德当日又到店中去做事，那过路的重庆客人已动身走了。

过了几天，忽然见南府家人南爱棠到店中来访。公冶德心中因向与他只相识而无交情，当时不待开口，已瞧科了几分，假意请问有何见教。南爱棠说："请借步说话。"将公冶德让到一家相近的茶馆里，泡茶坐下，悄悄说是自己想多件事，向老兄讨杯喜酒吃。

公冶德道："我娶妻已久，且已生了子女。我妹子已出过嫁，也已经生过儿子，小儿、小女都在髫龄，离嫁娶时代还远得很（假作不知，妙妙）。老兄要想吃喜酒，这话我可不懂。"

南爱棠笑道："令妹现在不是住在府上吗？她不幸年轻守寡，人家在背后谁不给她可惜（要人可惜，岂有此理）？本来不见怪的话，令妹嫁与袁家声，谁不暗暗给她叫屈（奇谈）？都说好一朵鲜花插在牛粪上（趣语，放屁）。现在袁家声死了，虽系令妹的不幸，但是在别人看来，正是令妹的不幸之幸（岂有此理，放屁，该打）。因此，有人知道我和你很有交情，彼此可称得起是自己弟兄（承情，谢谢，天下越是无交情的，越要说有交情，越是不相干，偏说自己人），所以特地托我来向你老哥说项，想聘娶令妹为妻。所以我才大胆，仗着你我的交情，不嫌冒昧，拜访老兄，想给令妹作伐。令妹如有再醮，岂非天大的喜事吗（寡妇失节再嫁乃是伤心不得已之事，而日天大喜事，是狗才）？所以我要向老兄讨喜酒吃（连说云个，所以殊不善于辞令）。"

公冶德闻言，心中大怒，但是面上却反作笑容（此笑是苦笑，大非易事），不推说不肯，先谢他的高情（妙妙），遂问他是给什么人做媒。

南爱棠见他有允意，心中大乐，以为重赏可以立得，即笑道："你放心，如果这个人家不是大财主，和极有声名资望的，我也决不敢多闲事。只要你肯答应，无论要多少聘礼，马上都可以照办（动之以财）。便是你要想做好买卖，或是挂名吃俸禄，只拿薪水不管事，每月进款很大，名气好听，名利双收，都可以使你称心如意（动以名利，其如不肯允何）。"

公冶德笑道："你且说明了哪家托你作伐，答应不答应，须得我回去问我母亲（先说母亲做主）。"

南爱棠竖起大拇指道："老兄，提起此人，大大有名，实不相瞒，并非别人，就是我主人南宫学。他老人家有财有势，本地的大小文武官员谁不见了他老人家要哈腰打躬（官员无耻）？本地的人谁不见了他要尊称他老太爷？差不多的人还得向他打千请安（众人无耻），平常的人他老人家如看不起他时，向他请安还不理会呢（写南宫学骄傲凌人及众人无耻）。难得他老人家肯看得起你老兄，想和你府上攀亲（好货，承情），这真是你老兄的运气来了。将来事成之后，可勿忘记了我这位大媒（好货，狗才），也应上那'新娘进了房，媒人抛过墙'的两句老古话（此俗谚，媒人向乾宅打趣者也，不图南爱棠乃反其道而行之，趣甚），更不可拿起舅老爷的架子来，见了我，把嘴脸给我看，连我向你请安时理会都不理会。那时老兄真就对不起人了（趣甚，凡此云了，俱是表现出小人心理，信笔拈来，妙绝）。"说罢哈哈大笑（得意之至，真是狗才）。

公冶德听罢大怒（着实混账，焉能不怒）。正是：

酒逢知己千杯少，话不投机半句多。

毕竟南爱棠做媒，公冶德如何答复，结果怎样，请待下回分解。

修竹庐主人评曰：

书曰孀妇本有后者，盖怜其志而为之庆也。

南宫学计谋之毒，在使人诱袁家以利，使袁家既受利而利被劫、被偷，有等诸无。其计之妙，妙在缓而不急，初并无可资人疑窦者，读前本两回，于焉知南宫学之计，定分两法，假使计诱不成，定必以强力劫取，良以其手下蓄勇士、食客甚多，即鼠窃狗偷亦有之，则其以武力劫夺，自意中事。故下文做媒不成后，即有南宫学逼袁克昌画字于卖媳借债之两契纸上事，前后互证，吾实敢料其必出此途，所不同者，时间早晚而已。

说者谓南宫学既于后来用威逼袁克昌手段，何如即从早行之，为之定计，只须先暗杀袁氏父子，威劫公冶氏可耳。愚笑曰："果如是，则本书尚何情节曲折之足云？且亦未足使人回想当年清代皇粮庄头之势焰，炙手可热也，何则？以南宫学之所为例推，则可知夫专制时代之流毒矣。"

写南爱棠讨功作伐，对公冶德一番言辞真可令人作三日呕，小人之心胸、神态、言谈，均一一活现纸上，作者运笔，真有鬼斧神功之妙。

第十回

恶奴作媒讨没趣
义士任侠防暴客

诗曰：

> 恶奴贪赏图建功，欲将柯执作媒翁。
>
> 讵意往言皆逢怒，究竟人心一般同。

话说南爱棠载笑载言，点头晃脑地说罢，哈哈大笑，目视公冶德，候他的答复（狗才得意忘形）。

公冶德听罢，心中怒极，恨不得即给他两下耳光（该打嘴巴）。因为投鼠忌器，深恐打草惊蛇（精细），遂假笑谢道："承老哥的情（当日放你的屁），为舍妹作伐。但是令妹已经出阁，常言'嫁出门的女，泼出门的水'（作者善引用俗语，可称俗语辞典家），她已是袁家的人了，此事须要向袁家接洽。比如此刻即我家已答应了，袁家不肯，亦是枉然（此刻说到袁家）。舍妹为人极其贞烈（是公冶氏赞），早已立誓从一而终，宁死绝不改嫁。老实说，纵或袁家畏你主人的势、贪你主人的财，不得已勉强答应了，舍妹不从，亦是枉然（说到本人）。依我愚见，请你费神，回去请你们贵上（当日吩咐那个王八）赶速死

87

了这条心（当日癞蛤蟆想吃天鹅肉），免得徒劳（当日休讨没趣）。这是舍妹的事，我固然不能做主，就是家母亦不能做主（再说老母），还请免谈吧！"

南爱棠初见他颇有允意，一团高兴。此时被他拒绝，不由付之东流，使自己不能得功领赏（主意在此，小人现形）。但因公冶德已经回绝，无可再说，只得堆笑作别。会过茶钱，别过公冶德，径去寻袁克昌说项。不料袁克昌见说来给他儿媳做媒，未及细问他代谁家作伐，即已没好气地一口拒绝（读书人固应如此）。南爱棠双方都讨了没趣，还不肯歇，想来想去，想出两位与袁、公冶两家都有亲谊的人来，便去请托他们，央请他们去向两家说项。那两人素知公冶氏平常不苟言笑、幽娴贞静，是位节烈女子，两家现在虽贫，操作贱役，但都系书香门第（是公冶赞，及两家赞）。正是敬重公冶氏的守节，焉肯去说这违本心、丧天良的话呢？因此也都婉言谢绝，说不善做媒，且明知两家都不肯，何苦去讨没趣。

南爱棠连碰了几鼻子灰，没奈何，只得据实回禀主人。南宫学大怒，嗔怪他不善说话（赏不曾得着，反被责备，正如羊肉不曾吃着惹了臊），喝骂退了他，即在大烟榻上抽烟想法。想来想去，得了主意，即命南强去见袁克昌，说是要债，如没有，须叫他亲自来见。

南强去对袁克昌说了。袁克昌已料知其意，心中悲痛万分，恨不能将南宫学食肉寝皮。因于南强走后，邀请各亲友到家，向亲友大众哭诉情形，央求大家援助，帮自己一回单刀会。果然公道在人，众亲友激于义愤，一齐慨允竭力援助。当即用纸签写姓名并所认助的会款，各自散归，转借的转借，典质的典质，自有的自有，一齐于次日陆续如数先后交来。几十两银子，正是众擎易举，顷刻齐集（肯转借典质以援是好亲友，可敬佩）。

袁克昌收齐了银子，包好收在怀中，不敢过夜（惊弓之鸟），当日即到南宅去面见南宫学，说是还钱，请拿出原纸字据来，当面销毁。

南宫学见他居然能如数还债，心中大惊，无可再说，只得将字据拿出来，银纸两交。袁克昌将字据拿到手，即撕成粉碎（心中恨极，情形如画），遂告别回家，一路很是欢喜。哪知才走不到十来家人家，忽然南强从后追来，说："主人请老先生回去说话。"不由分说，拖了他一同回进南宅，被南宫学板起铁青面孔，一口咬定，硬说袁克昌往日欠他的二百两本银未还，并说南强是原经手人，本宅的账房诸凤岐是代笔，已故的地保余成志是中人，当日立有字据，要他立刻本利归还，否则送官究办。

袁克昌大怒，喝骂不认。南宫学命将账房先生诸凤岐唤来，叫他当面写张三年前的借据，银数二百两，利息按月一分二，叫诸凤岐在代笔下写他自己的名字，南强在经手人下面也签上名字，由南宫学自己胡乱代己做保证，余志成在中人下面画了个十字，吩咐恶奴们威逼着袁克昌画字。同时又命诸凤岐代写一张因无力还债，不得已，自己情愿将寡媳公冶氏卖与南宫学为育子之妻，得到寡媳公冶氏嫁家母兄的允诺的卖身契（索兴直截痛快了，早如此，何至大费手脚）。写毕了，要强迫袁克昌签字。

袁克昌骂不绝口，宁死不肯提笔。南宫学见他不画字，索兴强霸到底，即命南强给他代画了押，命南强送他回去。并说："你如好好儿地依我，另外还可送你几百两银子做养老金（又着人偷，如何）；如不顺从，凭证在我这里，不怕你飞上天去（野蛮狠毒强盗行为）。"

袁克昌当日回家，气得死去，哭苏了回来，请人到公冶氏娘家将此事经过告知公冶氏，叫公冶氏住在娘家，休要回来，以防不测。一面自己决计，预备与南宫学以死相拼。这话被他的邻居亲友知道了，都给他抱不平，但亦只有发空恨，无力敢出来仗义执言。

过了两天，袁克昌夫妻俩亲到公冶氏娘家去。公冶氏请过翁姑安，含泪誓死不嫁，说："本人有一计在此，如南宫学来催问，可有缓兵计搪塞他，就说媳妇已经答应，要在脱孝后才肯再嫁；如不肯，媳妇即寻死自尽。借此先搪塞些时日，如他再逼，我即真自尽，或是我身怀利剪，嫁到他家去，在房中刺死了他，为先夫报仇。反正公公亦以死自誓，最多拼老命和他打场人命官司，家私多大，人命多大（此二语也，足为贪官写照）。常言'寻死不如闯祸'，到那时，索兴闯上一回大祸，亦未为不可。"

袁克昌夫妻俩见儿媳如此坚贞节烈，不由感激涕零，情不自禁地齐向儿媳叩头拜谢（值得一拜），当即谢别亲母等回家。

公冶氏果然从这天起，在娘家磨好一把纯钢的小剪刀，日夜随身携带，以备南宫学或有抢劫强迫的事。

又过了两天，果然南宫学打发诸凤岐到袁家来会袁克昌，劝他将寡媳嫁与南宫学，说："'识时务者为俊杰'，敝东的势力，岂是轻易惹得的？还是知趣的好。"

袁克昌即照着公冶氏的计策，婉言回答。诸凤岐邀他同去面见东家，袁克昌成竹在胸，即亦不惧，遂随他同去。见了南宫学，照计回复。南宫学见他已不似从前的大骂不肯，心中大乐，即亦温言宽慰，怕真个逼死了美人（其恶在此，所以受绐），所以只得权且答应。

由此后，每隔一两月，即派人或亲到袁家来催促，本想乘便看见公冶氏，即下手强抢。不料公冶氏久住娘家，并不回来，总是扑了空。欲往公冶氏家去抢，又因探听得公冶氏家前后左右房屋极多，所居系在中心，出入须经过几家人家，极其不便。且又探知公冶氏在娘家住着尚系名目，实已暗住在别处（公冶氏方面情形，用虚写），即去抢也是扑空，故此只得耐性等着。

时光荏苒，不知不觉地已过了两年。南宫学不能再耐，故此那

90

天亲自找着袁克昌，到酒馆内去会谈，用威逼利诱的言辞要求袁克昌回家照办，如再延宕，准定官办，即送官治罪；私办即放火烧屋，抢亲杀人。

袁克昌听了，心中虽然已有成竹，究竟蝼蚁尚且贪生，岂有为人不惜命的？所以闻言即长吁短叹。不料恰巧被沐大公听得，才致出来干预，彼此争执打将起来（折接上文）。

事后沐大公回转鹿鸣旅馆里，公冶德向沐大公叩头道谢，申述前情。沐大公听罢大怒，即命公冶德："休得悲伤，我不管则已，既管，准得管到底。我预备住在此地三天不走，必定将此事办理清楚，代你妹夫报仇（慨当以慷，是大侠士）。只要你明儿白天领我到南强、花自芳两家去探回道，我便可将南强父子及南、花两个短命阎王（趣语，阎王本管人生死者，反自成为短命，则岂不快哉）当夜都结果了性命（谁知并不劳先施）。那镖师、两姚及冒充捕快行劫，与奉南宫学之命来偷的人你可曾探知姓名、住址吗？"

公冶德道："镖师、两姚及冒充捕快的人都住在重庆南家庄房里，姓名却不曾知道。至于那窃贼，据闻是过路的小偷儿，现已不在本地。"

沐大公点了点头，同时公冶德因在此谈话时久，别房住客颇有连声高唤小二的，随即拭干眼泪，谢别出房，自去伺应别客。

沐大公因曾有人尾随身后，直到店内。提防夜间有甚动作，故此将长衣脱去，应用的兵器、百宝囊等件一齐背插佩挂在身上（插刀于背，挂囊于腰间也），预备半夜里对敌。一面将门掩上，熄灯趺坐在床上，运气养神，等候来人。果然有备无患，不出所料，在夜半二鼓以后，阖店的旅客及店内上下人等都已安息，忽听得天井里啪的一声，沐大公知道这是夜行人投石问路的照例文章，随即从背上拔下单刀，悄悄下床，掩身在房门背后，同时觉得外面有人撬门、推

91

门。沐大公即顺着来人推门的势将抵门的手松了，轻轻往怀里带，身向后缩。果然房门开处，嗖一声飞蹿进一个人来，身法矫健，迅捷异常，手中千里火一闪亮，人已到了床前，挥刀往床上就砍（来人亦至出色）。正是：

　　刀下虽无幸生者，唯空挥处亦枉然。

修竹庐主人评曰：

　　袁氏父子勤勤恳恳，志欲复先人之业，其志行至可嘉，乃以交友不慎，自贻伊戚。然亦此急欲还债复业之念，欲速谋进取，有以促成之也。使斯而无后，岂得谓尚有天理耶？故作者为之立传，谓其一举且两友焉，此虽琐碎，盖亦见作者劝世之苦心云。

　　昔人有云："唯有备乃能无患。"沐大公危言危行，固自恃其艺可为无敌，而后敢所致任侠，非若小人之仗勇横行也。观夫其白日奋勇，深宵防暴，可以觇其胆大心细。

　　本回写公冶氏之青年守节，以死自全，为防患起见，且至隐移其居。如是美烈贤淑之妇，其懿德闺仪，实可为今日末俗之新妇女示范，诚值得作者为之立传也。自经本书刊行于世后，公冶氏之节烈，固当永垂不朽，而人以书传，书以人传，行且看家喻户晓，纸贵洛阳，要当有日耳。

第十一回

追刺客代人报仇
杀豪霸与众共弃

诗曰：

> 牢记父仇志堪豪，不辨是非实亦差。
> 可怜艺成身瘥死，壮志未酬剧可哀。

话说沐大公见来人扑奔到床面前去，即乘势从门后出来，飞步到那人身后，一刀砍去，正值那人因砍在床上扑了空，知已有备，急便抽刀回身。猛听背后有声音，知道背后有人，急将抽回的刀于未转身之前先向背后一格，正逢着沐大公刀到（疾）。刀碰刀，锵铯一声，沐大公缩刀退后，那人却乘着他退身的势转身过来，进步向沐大公就砍。沐大公向旁一让，那人却乘着沐大公闪让的势嗖一声从房门飞跃出天井里去。

沐大公本不欲在房内和他交手，因为房中地方狭窄，施展不开，且恐杀伤了来人，必须送保甲民局。明知来人定系南、花二人的党羽，如送保甲局，多事是小，且恐防保甲局和他们有交情，说话回护，反将自己拘禁起来，当作了过路的江洋大盗办罪（写沐大公心细，兼写当时办保甲者秘史），岂不冤哉枉也。更恐在客栈内将来人杀死，害了客栈里。自己过路的行客，无端的要在此耽延下来，打这场人命官司，自己是杀人凶手，须有许多不便，所以在房中只虚砍了来人一刀。如果沐大公真个向那人背后尽力砍去时，纵被格住，但第二刀何肯放松呢？只因要放他出去后再和他动手，故此反而手法放缓，缩身让他，守他飞身出房，即便如流星赶月般飞身追赶出房（详写沐大公之心理及来人之身手）。

那人纵到天井里，并不曾住足，脚一点地，即已飞上屋檐（亦矫健疾捷可爱，反射沐）。沐大公追到天井里，跟着那人向屋上一纵，那人早已防着，边上屋边即从怀中摸出一支钢镖来。脚才立在屋上，镖即从手中飞出，直射到沐大公身上来（身手迅疾，反射沐大公）。沐大公身正向屋上飞起，见来人手一扬，知道是暗器，但亦无从可让，只得伸手向来镖一接，镖才到手，身已到了屋上（更迅疾）。那人见了，知难取胜，不敢停留，即蹿房越脊地跃纵着向前飞逃。沐大公在后紧追，借着朦胧的星月之光，看那人的后影，颇像白天在酒馆里和自己交手的那个花自芳。想着他"小阎罗"三字的诨号，不由大怒，遂将步法、身法使出来，足下一紧，哪消几个箭步，已如风驰电掣般追到花自芳身后。花自芳见沐大公已离背后不远，忙向斜刺里飞跑。跑了两家人家，又转向原先的方向再跑，跑到前面，房屋已完，花自芳大喜，即向下面一跳。沐大公追着也向下面一跳，脚才立定，忽从背后霍地飞砍来一刀，急急让过，回头看时，来人手使牛耳泼风刀，高大身材，雄健气概，约和自己年纪相仿，穿着一身夜行衣靠。

沐大公正在看那人的年貌，陡觉背后风响，急忙闪让，一看正是花自芳回身挥刀砍来（写得五花八门）。沐大公这时腹背受敌，不敢再自恃本领轻敌疏忽，遂将手中钢镖先向那隐身墙角下的大汉打去，

94

即使刀向花自芳劈去。花自芳同那汉让过了镖、刀，合力向沐大公夹攻。沐大公在十年前得董福通、高风二位指授刀法以后，刀法即已练成绝顶功夫，再经这十年多的苦功，刀法精纯，更非往年可及。此刻他与二人交战，脚下先使用着溜步，将两人圈住了脱不得身。边战边留心二人的本领谁高谁低，只觉得那汉手中的牛耳泼风刀挥舞如飞，丝毫无有破绽，足步、身段都非常稳健快捷，眼到手到，尤其迅疾。比较花自芳，颇有上下床之别（点明那汉本领，所以显花自芳武艺程度，并反射沐大公之技能）。因此将刀法、身、手、眼、步变换，用兼弱攻昧手段，先向花自芳尽力攻杀。对付那汉，只取遮架闪护的手段（沐大公殆深知兵法者欤）。

花自芳白天里已领教过沐大公的本领了，这时见沐大公用全神来对付自己，不由心中发慌。本来花自芳的本领还很可以说得过去，只因白天被沐大公所伤，虽然从酒馆回去，急用伤药调敷吞服，究竟尚未半复，所以此刻被沐大公遇着，发慌之下，竟致手、眼、身、步乱了法则，因此被沐大公高喝一声"着"，霍一刀砍去，正中在花自芳的肩上，刀锋锐利，沐大公的劲猛，这一刀竟将花自芳连肩带背砍落下来，立刻身死在那家屋后空地上。

那汉子一见花自芳死了，料想独力难支，脚下明白（趣语），虚砍一刀，飞步就走。沐大公岂肯罢休？即便丢下花自芳，返身向那汉追去。那汉举步如飞，恰巧前面不远便系河岸，那汉飞身越过了河道，来到对岸。沐大公毫不放松，双足一垫，亦即飞越过河，直追那汉。进了一片竹林，沐大公飞跃进竹林时，那汉已从竹林中飞身纵上了一家人家的屋上。沐大公穿出竹林，见他已上了屋，即也就飞身上屋。只见那汉身形一扭，越过屋脊，跳将下去了（读者思之，那汉何人？此系何所）。

沐大公越屋脊来到檐口，向下一望，不见了那汉踪影，天井里空寂寂的，休说人，连狗也没有一头（趣语）。沐大公一看下面房屋，前后共有好几进，都是一式的三间两厢，天井都是一颗印式的方形，四面屋檐下都是走廊。暗忖："这房屋很造得考究，落雨天可以不走雨地，照房屋前后进数推想，下面这人家定系一家富有之家。既是富户，何至与夜行人往来呢？莫非这人家就是花自芳的住宅不成？"边想边由屋上人逐进逐间地四面巡行视察，留心看下面有无灯火及说话声音。四面才巡行过了两进房，只听下面有人高声笑问："镖师傅，你老回来了，我们花大哥可曾同来吗？莫非他落在后面，或系已经自回转他自己家中去了？有你们两位同走，料想那个云南佬此刻定已死在客栈里，做流落他乡的孤魂野鬼了。"

又听一人道："低声些。"遂又说："不必提起，真正倒尽了三百年穷霉（趣语），花大爷已被那个云南佬杀死在屋后对河那家人家屋后空地上了。我自知不敌，赶紧逃跑回来。那云南佬不舍，直追到屋后竹林里，我上屋跳下来，从后进屋厢房里走到前面来。料想那厮不为看见，也断乎一时料想不到，或者他已从屋后回去，或竟在此地屋上哨探巡视，亦未可知（隔墙须有耳，窗外岂无人）。"

沐大公在屋上听见，暗暗欢喜："这真叫'踏破铁鞋无觅处，得来全不费工夫'，下面既称才交手的那汉子作镖师傅，莫非他就是那个护送货船的镖师吗？果真是他，可就再好、再巧也没有了（谁说不是）！但不知这下面说话的是谁。"正在想着，却见从自己立身的对面前进房屋腰门内，由一个丫鬟掌着红纱灯笼照着路，后随着的正是那白天被打败逃跑的南宫学，紧随在南宫学之后的，共是男女四人，两男子都在三十岁光景，文士模样，看他那亦步亦趋地随行气度，可以断定他是两个门客（伊何人斯）。两女子都在风信年华，衣服丽都，看去颇像南宫学的姬妾。

沐大公心忖："此时不乘机会动手，难道还等到天亮才杀他不成？"正想间，下面六人已一齐走进了自己脚下的房屋里去了。

接着便听见南宫学询问："镖师傅，你同着花自芳去给老夫报仇，已得手了吗？"

镖师回称："不曾。"说着，即将花自芳被杀、自己逃回的话照实说了。

话才说完，那两个女子已都吓得娇声抖颤着道："南老太爷，可吓死我们了。那杀花少爷的凶手既已追陈镖师傅（出镖师之姓），老爷到此，难保他不躲在屋中哪里。我们胆小，可不敢再在此地伺候你们众位太爷、老爷们了，要告罪回去睡觉了。"

沐大公听此口吻，才知两女子是本地的土娼，镖师姓陈（此人不以名传）。

又听得南宫学安慰她两人道："你二人放心，在我家里比在四川总督衙门里还要安稳，休说有老夫和陈、朱两位镖师傅在此，就是我家中前后巡逻守夜的一班打手，何止二百多名？一个个都是好汉，对付那么一个怯条子的云南佬，简直不费吹灰之力（还要吹牛），你们尽可放心（重言放心，温慰备至）。"

沐大公才知那先和陈镖师说话的也是个护院看家保镖的教师。正想着，又听南宫学道："秋月，你快到前面去，传那轮值听调的一百名打手进来，吩咐他们都到此地来守卫，并命那新由重庆庄上来的六位好汉会同今夜轮值的两位打手的正队长、四位副队长，共是十二位，齐上屋去巡查。赶紧再派一名打手飞往保甲局去，传我的话，派那些兵丁一齐都到这里屋外四面巡逻。天明无事，即到鹿鸣旅馆十二号（沐所住房间号数补叙）去捉拿大盗云南人沐大公，不得违误。"

沐大公一听，心中着惊。只听见女子声音应了个是，便见那适

97

才掌灯的丫鬟仍掌灯向前面去了。

沐大公一想："新从重庆来的六位好汉大约就是扮捕引劫的六盗，这也真巧，想系袁家声的魂灵在阴世里捉着他们，齐赶到此地来送死，免得我再赶到重庆去的。可是他们人多，我一人抵敌大众，虽不要紧，可是须防保甲局派人到客店内去捉我不着，疑到公冶德身上，这就糟了。"因此从屋上飞跃到前进在井屋檐口，正值秋月走出檐下。沐大公从百宝囊中取出镖来，正想打她，转念："她也是个被压迫的可怜女子（忽生怜香惜玉心），杀她于心太忍（此女造化不小）。"因此缩住手，暗暗从屋上尾着，直到前面，果见下面灯烛辉煌，人声喧闹。堂前房中都满坐着些横眉竖目的大汉，一班都是短打褂，着腰刀，背着弹弓，悬着百宝囊，在那里吃喝的吃喝，斗牌的斗牌。

秋月到了众人面前，将话对围坐在堂前正中大圆桌前面吃喝的十二个好汉说知，即由那桌上的一人发言，吩咐两名打手："即速打灯笼前往保甲局去。"

两名打手领命，即刻去点好一个灯笼，一同往屋外就走。

沐大公伏在对面屋上，看得清楚，知道这十二人即是六名从重庆新来的，六名是正、副队长。当将单刀插在背上，先拿的镖递在左手里，右手又从囊中掏出支镖来，跃身由屋上尾追那往保甲局去的两名打手。两名打手才出门走到影壁前，门内伙伴关上了门（照应前文照壁）。沐大公两手一扬，两支镖同时向两名打手飞去，正中二人的后心，穿过前胸，哎呀栽倒，死于地下，那个灯笼立刻烧起。

沐大公跳下去，跑到二人面前，将两镖拾起，仍各拿一支在手，回奔到屋上，往后行去。正值那十二名好汉中的两名在左手里厢房屋上按刀往后巡行。沐大公使出练就的绝技身步来，飞行到二人背

98

后，一手点住了一个，直立在屋上，一齐纹风儿不动。二人都是老于江湖的能手（绝倒），被点住穴，并不惊慌（却也难得），亦不狂呼救命，反而同声低低地哀求沐大公："好汉饶放我们，恐我们冒昧，我们永远感谢好汉的不杀之恩（好个能手）。"

沐大公闻言好笑，低喝："休得多言，你二人是不是从重庆新来的？"

二人应说："正是。我俩初到此地，并不知好汉与这里有何事故，迫于友谊，才帮着巡查。如果知道好汉与此地的事时，斗胆也不敢多管。"

沐大公又低问道："要我饶放，你俩须得实说，你们是否同着陈、朱两镖师，及两个假姓姚的门客一齐由南家重庆庄房到此地来的？"

二人道："不错，不过朱镖师是此地本来聘请了来护院的，并非与我们同来。陈镖师和两位门客都是南宫学很信任的心腹，都在后面呢。"

沐大公又问："两门客是否就是才同着南宫学及两名土娼一齐往后进去的？"

两人回说："正是，那两名土娼是南宫学特地唤来，招待两位心腹门客的（由是知其宾主相得）。"

沐大公道："我闻说你们六弟兄在前年春天曾冒充捕快在本地托言捉人搜查，却劫取了好几千银子。现在我既遇见你们，亦是你我有缘，你们可肯将那笔款子转送给我，彼此交情交情吗？"

沐大公说这几句，乃是怕那年的事不是他们六人所为，他们果真是新来的，冤枉错杀了人，所以才问（申明其故，沐大公不愧为侠义）。

二人回说："好汉明鉴，那年的事我们是奉那两位门客之命差遣，据说是此地东家的命令，叫我们去照计而行的。其实我们只担虚名，并不曾真到手一丝一忽，那笔款子当日即送到此地来，交给东家收了。"

沐大公已知果真是他们所为，不待说完，即退后一步，扬两手将两镖对二人打去。二人身体木呆着不能转动，哪能闪避？只大叫了一声饶命，即已应镖而倒。两镖从背后穿出，落在瓦楞子内，滴笃笃滚落天井里去了。

沐大公既结果了两人，怕时候来不及（照应上文，二更以后），急从腰间拔出宝剑，径奔向后面去。迎面又遇见二人，从后往前巡来，喝问是谁。沐大公早已瞥见，左手执剑前行，右手从囊中取出两支镖来，连珠价冲着二人打去。二人避让不及，也都直贯胸腹，倒死在屋上。同时又有两人从后追来，见了齐嚷："拿人！"奔将前来。

沐大公不慌不忙地飞身迎上去，纵到二人面前，脚未立定，剑已直刺到对面右手里的那人前胸上（因剑在左手故）。那人仰面跌倒，左手那人挥刀杀来时，沐大公一侧身让过来刀，收回剑来，白蛇吐芯，已将那人刺死（死了六个），收剑即又向后奔去。

恰值陈镖师领着四名副队长也从后面巡向前面（历叙由后往前，即暗写沐大公在外杀两打手时众已巡行向后），两下遇个正着。陈镖师此时仗着人多胆壮，奋勇当先来斗。沐大公已杀了六个，尝试过众人的本领，知道都是些很平常的脓包（好语，绝倒），故此十分胆气豪壮。他的剑法本系参合着七剑、十三剑、二十四剑、太极剑等诸般剑法，自己变化出来的独家功夫，使得神出鬼没。陈镖师等五人岂是他的对手？休说想还敬一两下，即连他使的是哪路剑法都不能识得（此方是写沐大公艺成后之真本领），因此不曾三五个回合，陈镖师已被沐大公一剑刺死在屋上。那四人中的一个被陈镖师的屈身一绊，自己跌倒。沐大公乘势一腿（剑法、腿功图见后文），踢得飞起。从这边厢房屋上直摔跌到对面厢房的屋檐上，咔嚓哗啷一阵响，啪嗒一声，那人连人带橼子、瓦砖等一齐折断跌落下天井里去，脑浆直流，死于地下。其余三人见状大骇，想逃时，哪能走得及？被沐大公逼住在圈子里，不得脱身。三人一慌乱，被沐大公接二连三地一齐先后刺死在瓦面上。

沐大公再进步赶奔到后进去，南宫学正由朱镖师、两个正队长保护着，同两个门客及两个娼妇八人，一齐同坐在那里谈笑，吃酒用菜（燕雀处于堂，不知其祸之已至），外面前后天井及堂前四边都立着打手。沐大公一见，急使飞燕穿帘式从屋上直飞进堂前，到八人合坐的大方桌前，脚才点地，即已隔桌一剑刺去，将南宫学连人带椅一齐向后跌倒。回剑顺手将那个面向座外、与南宫学并肩坐着的朱镖师咽喉刺着（神勇足令读者心惊）。朱镖师正因被他飞跳到席前时摇晃了灯光、剑光一耀，人影、剑光将两眼耀花了，再被他隔桌刺倒南宫学一吓，吓怔住了，目眩心惊，一时间竟不知所措（写得如生龙活虎，跳跃不可捉摸）。沐大公的剑到他的咽喉时，可笑他连闪避都不能知道，因此嗓子被剑锋割断，顷刻一命呜呼（读此奇文，当浮大白）。

沐大公收回了剑，随手将面前的一名正队长摔倒，左足退后，右足踹在其前胸，一剑将面前的另一正队长背心刺着，洞穿了前胸（照方向推测，两队长坐在下横头，与南、朱对坐，故两俱在沐面前，方向丝毫不乱，是奇文）。两名队长一死在他足下，一死在他剑下（武勇可骇）。那两个门客和粉头原分作两对儿，对面坐着，这两对儿未曾真个销魂的风月野鸳鸯，从小儿长到这么大，何曾见过这个悍泼武勇的阵仗？早已吓得面如土色，身体像筛糠似的瘫软在两边椅上（此之谓软化，思之绝倒），休说要移动身体逃跑，即连颤声娇气地嚷句哎呀都休想嚷得出口（情景逼真，堪称奇观）。及至好容易挣扎出一句饶命来时，沐大公的宝剑已是直刺将来，可怜那两个门客（丢下了两个粉头）虽不曾能真个魂销，却已是真正魂亡。只听沐大公叫得一声："姚家珏、姚家璜，你两个假名做财东的走狗王八（妙语，双关财东，盖骂其自承为药材行东家，并为南宫学救命也讨好一人而害人者，固应挨骂），与南仲式那小婊蛋（婊蛋、浑蛋、坏蛋、滚蛋，可开一特别蛋行，一笑）合谋害死了袁家声，我打从本地路过，如不将你们这班浑蛋龟蛋、浑蛋王八蛋一齐收拾了（收拾特别蛋货，可开蛋行矣，哈哈），还能算得替天行道的侠客吗……"骂声未绝，两门客的真魂已与躯壳脱离关系，被沐大公先后一齐杀死了（骂得畅快，杀得痛快，读者阅读至此，当无不拊掌称快）。

那两个无耻的土娼同时已被吓死在椅上，不知人事。及至醒来时，已天光大亮，身被保甲局看守审问口供了（却借土娼作结，结得突兀），几乎混疑是梦，不由惊魂不定。正是：

劝君休作风月梦，身入囹圄悔应迟。

毕竟两粉头何以得能幸生，被保甲局捉去押讯，请待下回分解。

修竹庐主人评曰：

本回写沐大公之追杀花自芳，连毙南宫学，依次多人，与《水浒传》中武松血溅鸳鸯楼一段文字是堪古今媲美，各有杀法，绝不雷同，写来如生龙活虎，无一句平笔，凡是种种，讵俗笔所能望其项背？

沐大公艺成后之大显厥能，除首回偕其孙时雨报仇而外，当以当回为最详写，亦最足令人读之眉飞色舞。

或有不知作文反射法者，以为书中写沐大公之艺事特详，而写柳公侠嫌略，而不知写沐正是写柳。如本回云云，虽系写沐，而实即写柳。如画月而不以云烘托渲染反衬之，则月亦太平淡，甚且不成其为月也。

　　本回沐大公所为，虽系为己追杀刺客，实则耘他人之田。若夫南官学等，固国人皆曰可杀者，书之曰代人报仇，与众共弃云者，盖亦纪实也。

第十二回

推己及人因母全子
抱恨终天为父丧命

诗曰:

英雄瘵死实可伤，回溯怎不令断肠。

幸有佳儿能跨灶，博得我武称维扬。

话说沐大公刺杀南宫学、朱镖师、两队长、两门客时，堂前、
四面檐下、屏后，及前、后两大天井里的值卫保护的一百名打手本
都早已一齐看见（故留漏洞，到此才补）。只因先见沐大公从空飞下，
如风吹落叶，直到堂屋内，毫无声息。大家初时还有些疑鬼惊神，
以为如果是人，何以能从空飞降，何以能毫无声息（此写沐大公身法
迅疾）？故此一齐静看着，不曾作声。及见沐大公将南、朱等六人轮
流刺杀，如同砍瓜切菜，格外惊奇骇怪。有那看出了神的，反而高
声喝彩（妙妙，此非悉心体会者，绝不能写，亦不能知也），竟致忘却了新
杀的是何人，他们自己是做什么事的（妙妙，神化燮帖之笔）。直待沐
大公将六人杀完了，口中出声喝骂，才将他们大家的心灵从惊诧、
骇怪、呆怔的失魂落魄、毫无感觉中惊醒了回来。但是话虽如此，

大家虽已警觉，究竟都有几分自知之明，眼见主人、朱镖师、两队长等四位好汉连回手招架的份儿都没有，有的休说回手，即"哎呀"两字都未能哼出即已死在面前（绝倒语，不知众人死时手中杯箸还各拿着否？可发一噱）。他们四位且都不是来人的对手，自己大众何能抵敌得住来人，既能明知不是对手，当然光棍不吃眼前亏，三十六着，走为上着了。因此大家都不约而同地一哄而作鸟兽散。

沐大公来意，本不欲与众打手为难，主旨只在对付南宫学等几名为首的元凶，所以杀去六人之后，即连那两名头粉面、活妖狐似的婊子亦都高抬贵手，剑下超生，饶了她两个贱妇的性命，何况那些摇旗呐喊的奴才呢？所以也就饶恕了他们。当时并不追杀，即一径闯进后面南宫学的内宅里去，逼着南宫学的内眷们将所有的现银，以及珠宝金银等贵重首饰，并所有的一切文件契纸取将出来，用两个大包袱打好，即背好飞身上屋，赶紧飞速回转客店。

回进十二号房，卸下包袱，换好了衣服之后，天已黎明了。沐大公因恐南强父子得信逃走误了事（除恶务尽，是其细处），又怕保甲局接报后检搜行旅，须有不便，故此亦不敢睡，却借着唤小二冲茶打水为由，将公冶德唤了进来。边洗面喝茶边低声将夜间之事告知他一些大略情形，随即命他悄悄引自己去寻南强父子，表面上说是指引自己去出野恭（出恭即是屙屎，出野恭即往外面荒地去屙）。

公冶德闻言，很兴奋地即引他出店，径往南强家来，即由客店隔壁小火巷里穿出去，便到了另一条街，再由这街上一条巷内随弯转弯地穿出去，即到了河岸边。南强自己的家即住在这巷子头上，大门对着河，便门即是巷内第一个门。那房屋是三间五架梁的前后对合两进，干片瓦的矮小平房。公冶德引沐大公到了那街上的巷口，说明了以上情形，即便回店，以防人疑（并不引到河边的那一头巷口也）。

105

沐大公快步赶到巷子那一头口上，看了看，果然尽如公冶德所言，即去敲打便门。里面一个老妇人的口音问是谁敲门，沐大公本在成都住过好久，对于川省的口音原是会说的，因即打起成都口音来应道："是我。"

里面问："有什么事？"

沐大公道："找南强仁兄（姑且不叫王八），有要紧事商议。"

里面老妇人去到门面前，就门缝儿里向外一张，见只有一人，略放了心，才敢将大门开了半扇（言其将一扇门不曾开足也），将身紧倚在门开处，伸出上半截身体来，细细将沐大公一望。见来人衣冠齐整，空手赤拳，并无凶器，而且满面春风，笑嘻嘻的和蔼之气可亲（暗写南强家已知南宫学家之事，生有戒心，并将沐大公的衣衬叙述，以见其心细过人），心中更定了。即说："先生尊姓？寻南强做什么事？"

沐大公带笑回说："姓王（随口应答），从成都到此，因要去拜见南宫学老太爷（不怕读者笑破肚皮），想拜烦南强太爷（家奴居然亦尊）给我先行道地一下，庶几好去见南老太爷，才不致被南老太爷吩咐门上拒绝不见。不知南强太爷此刻已经起来了吗（竟假作不知起床与否）？"

沐大公回话时，早已将那妇人的年貌看清，看她约在古稀以外年纪，估定她必系南强的老母。因见了南强的老母龙钟神态的情景，忽然想起了自己已经弃养的老娘（是谓见景生情，能推人及于己），不由落下泪来（不谓此无意之泪能有绝大妙用也）。

那老太见了，即问："王先生，为何见了老身忽然流泪？"

沐大公被她一问，忙将手帕拭泪，忽然心中一动，生了个计较，遂说："老太太有所不知，我此番奉了我母亲慈命出来谋干差事，不料错走了门路，经过了许多日月，竟不曾能得成功。此刻来见南强太爷，乃是听人指点，叫我要想做事，最好走南宫学老太爷的门路。

只消南老太爷一答应，一封信去，马上立刻成功。但是人说，南强仁兄乃是南宫学老太爷面前的第一个心腹红人（小人最喜做人之心腹红人，沐此言可谓得应对小人之法），只要南强太爷肯答应在南老太爷面前口角春风，帮上点儿忙，南老太爷便肯立刻答应，立刻所谋就可马到成功，所以我特地来拜访南强大爷（老太爷、大爷、仁兄连说了多遍，侠客之为人谋也如是）。因见了你老太太的尊容颇有些与家母相像，想起了家母在舍下盼望我早日得一进身之阶，所以才情不自禁地流泪（老年人最爱听人说尽孝道，沐此言可谓得应付老人之法）。"

沐大公说这番话，不由将那老妇人的心打动，以为来人甚孝的。恰巧南强正在客堂里吃早点，听得了，以为这是自己骗钱的好机会临门，所以遂亲自到门首来接。同时那老妇人已因打动了心之故，已将沐大公让进门来，南、沐两人正在天井里遇着（竟着了道儿）。彼此相见，通问过姓名，沐大公假说名王文正，特来到府拜求南大爷一事。说着，即仍照旧话，说："愿出二百两银子，送南大爷买酒及作夫马费，拜求南大爷代向南老太爷说项。"

本来南宫学本宅隔夜的事，天未明，南强即已得到信，他父子俩不由着惊，所以父子俩这天起身得特别早。南仲式此刻已往本宅去探望主母，尚未回来，当时南强的心想将来人的二百两银子先收到手，即冒充他主人的口气写一封人死无对证的介绍信给来人拿去，信上到填日月，免不实之嫌。他既动了这洋盘心思，所以才将沐大公招待在自家堂屋里坐下。他却走到对面屋内，将他嫡堂兄弟南爱棠唤出房来，悄悄商议，此事做得做不得（真是巧事，南爱棠亦居此）。

他兄弟俩在对面堂屋里立着悄悄商量，沐大公疑心他们商议要用什么手段对付自己，想打人先下手，并问那和南强说话的是谁，以及南仲式的下落，故此也走将过去，即向南爱棠请问名姓。南爱棠说出名字后，沐大公喜得暗暗心痒难挠，自忖："真叫无巧不成事，我正忘记了这位媒人，未曾问着，不料却也住在此地。"遂顺口假意也说了句奉恳帮忙的话，即说："二位都各已有了几位世兄，都在何处得意发财（当问日在何家充当奴才）？"

南爱棠回说："我只生有一女，现才六岁，还睡着未起。"

南强说："我亦只有一个小儿，才一早到我们主人家中去有要紧事（不怕沐大公笑破肚皮），马上就要回来。"说着话，南仲式恰巧敲门进来，一见沐大公，不由生疑，同时南强已很得意地指给沐大公道："这就是小儿仲式（多承告诉）。"

沐大公大喜，未曾开言，即伸两手先将南强、南爱棠两人点住了穴道，飞跃到南仲式面前，将他抓将过来，向地下一摔，跌得南仲式半死，待要挣扎着爬起逃跑时，早被沐大公一足踢去，将他像踢气球般从地下踢起来，直踢到屋梁高，被屋梁一撞，跌落下来。这一跌，跌破了天灵盖，顷刻断了气（已算死得便宜）。沐大公指着他的尸首骂道："好个小猴儿鬼子，胆敢逢迎着南宫学那老王八（不是老太爷了）谋死袁家声（东窗事发，死后当不获恕）。今日我特来寻你们父子、阿侄三口子，代人报仇（响甚）。"说罢，回身奔到南爱棠面前，伸手向他前胸一击，击毁了他的心肝两脏，骂了声"好个王八媒人（不谓讨没趣，后还须送命）！"

南爱棠哎呀倒地，马上身亡。

南强见了，知不能免，早就杀猪价叫起好汉饶命来，哀求："好汉，看在我有七旬以外年纪的老母无人侍奉面上，饶放了我一条狗命（自称狗命，不劳人骂，趣绝趣绝）。"

沐大公被他一说老母，忽然动了不忍之心，陡将杀他的狠心和缓了下来，指着他骂道："狗奴才，你大爷本欲处死了你，代死者报仇，因你说有老母，动了我的慈念。现在将你恕罪饶放事小，怕你将来还要在世上害人，不讲别的，单说你方才还想接受我二百两银子运动费向你那昨夜已死的王八主人说人情，可知你诈害良民的心始终不曾改变。试想你主人已死，你哪还有你主人的亲笔信可得呢？我本欲饶你，但因此却又不能恕你。"说着，伸起手来。

南强吓得又拼命价狂嚷："饶命，以后改过自新，倘再不改过迁善，愿受凌迟剐罪。"同时他老娘已闻声赶来，跪在沐大公面前叩响头求情。

沐大公狠不起这个心，只得叹了气，轻轻用手指在南强胸口里，弹了一弹，即给他点活血脉，转身走向门前，拔闩走出外面，砰砰带上了门，飞步由原路走回客栈。等到南强母子赶到门口开门向两头看时，哪还有沐大公的踪迹？后来南强因肺脏被沐大公手指弹伤，遂致咳嗽成痨，于他老母天年后三年光景，咳血而亡（顺笔交代，了却一事）。

沐大公当日回店，保甲局虽已接到南宫学家中的报告案情，但因来人只有一个，居然能杀死这许多人，惊诧骇怪，赶紧即传齐全班兵弁，前往南家内外前后左右察看，填具了报告书，即分派弟兄，会同了南宅的打手人等，一齐到各客栈去搜查。查到沐大公的房间时，恰值沐大公由南强家回店。那些打手虽然认识正是此人，但因隔夜瞻仰过他的丰采，领略过他的本领，焉敢实说、自取杀身之祸？保甲人等亦明知沐大公有些形迹可疑，但因惧怯他的神威，怕他先将自己的性命要了去（写众人心理，丝丝入扣，可笑亦复可怜）。见打手们不曾指捉，即亦乐得假装佯糊，略一查看过沐大公的行李，即便往别的房间搜查，反而翻箱倒笼，假戏真做，详细盘查（办公人往往如此，作者借以讽世，可谓刻画深入腠理）。

沐大公目见耳闻，忍不住暗暗好笑（读者亦无不好笑）。公冶德却给沐大公捏着一把汗，暗念一声阿弥陀佛（弥陀果真管此事耶？思之可发一噱）。

沐大公守保甲人等去后，即将包袱打开，将所有文件书契逐一细看，凡是借据押卖房产田地的文契一齐烧了（袁克昌可以高枕无忧矣），凡是运动官府、勒迫平民、诬告百姓的书信文件诉状，一齐包好，另写一张"请总督大人查办，不可徇私"的条子贴在包上，预备往省城四川总督衙门去投递，好将那些勾结土豪劣绅的贪官污吏一网打尽（痛快非常）。一面将金银首饰珠宝玉器等件收拾，另外分别包好，预备好沿途变卖，救济贫民。

当日住了一夜，因恐有人暗算，仍不敢大意贪眠。第二天悄悄取出四样金首饰、两样珠翠首饰、一千两现银元宝，暗暗赠予公冶德，命他："回去与袁克昌家均分，作为资本，改作别的买卖，此处终不可以久居，提防日后兔南、花等家的羽党、宗族、亲戚人等借事明里报复，或是暗中算计（仁至义尽）。最好从早动身，不可久延，自取祸患。"

公冶德感激涕零，叩头道谢，知难推却，只得舍愧收受。

沐大公早点过后，即给账动身，先到重庆，后即前往省城，于夜间将那包文件书信送进总督衙门的内书房书案上去。后来果然总督照着法度，将凡与南宫学往来勾结的官吏一齐轻者参革，重者办罪；所有平时凡与南宫学往来的士绅一齐革去功名，永褫学籍。

沐大公在省城住过几天，得到信息后，即动身从剑阁出川，经汉中府往西安，再由陕西省城绕往甘肃，由甘肃前往山西，由山西出雁门关，经过张家口，进居庸关，往北京、天津，从天津南下，经过山东、安徽、江苏，取长江水道经由湖北、湖南，再从贵州回转云南。沿途颇有耽搁，行侠作义，做了很多的惊人侠义事业，才回到滇池原籍。总算学业成功后，在外漫游了八年，会过不少名家，打过无数不平，不曾白费辛苦，还算对得起自己的勤劳。不过因这许多年月都是代人做事，反而将本人对于柳公侠的四败之仇冷淡了下来，不曾报复（急折上文）。

从来有之于心的，总不免举之于口，故此沐大公亦不时将要报柳公侠之仇，因被文正劝阻，遂致至今不曾报得。"目今为时已久，文正尚未去世，倘再过几年，文正或仍未死，而我自己，或柳公侠本人已有一人死了，这个恨只好永远同埋入于棺内，应了前人诗句，叫作'此恨绵绵无绝期'了（因他一言匡起本文）。"沐大公每逢说时，无不喟然长叹，恨恨不已。

他儿子捷三其时已年届双十，对于文学真个是才储八斗、学富五车，已考中了拔贡，可是对于武技却完全一些也不懂。他因多读了些诗书，所以能十分地恪尽孝道，因常见父亲如此怨恨，思念："有子而不能承继父志、为父雪耻复仇，人又何贵乎有子呢？"因此决计攻文学武，同时并进，要求乃父传授。沐大公只道他要锻炼身体，运动血脉，所以只传授他全部太极拳，其余都不曾好好儿尽心教授。同时又因到家未久，即便丧妻，妻丧期中，沐大公因中馈无人，且又抱孙心切，遂决计于丧前先为子完姻。早年即已文定了本城武丰林字茂斋孝廉的次女，只因子女都年幼，所以才延缓日期，至此遂请原媒前往武宅，说明先办喜事，以免再延年月之意。武丰林夫妻当即应允，于是沐捷三即于丧前先行亲迎，新婚燕尔，自有一番热闹。

喜事办毕，即办丧葬等事，不须细述。如在别人，或将因新婚之后，夫妻如鱼得水（绝倒语），间断了读书、练武的功课。偏生沐捷三绝对不曾因新婚后的关系间断他的练武、读书的功课，朝夕勤练苦读，一如平日。但有一层，看官们都是过来之人（妙妙，忽与看官说话），但凡人当新婚之后，关雎乐尔，当然免不了要有那进行下层工作的事务，沐捷三当然不能逃此公例。只因他要练武、攻书，起早睡晚，又要间或一尽丈夫的义务（妙语，绝倒）。日期一久，不免总有一回偶不经意的情事，故此不上半年，沐捷三即因劳成疾（此劳也，有数义存焉，读者味之，当为一笑）。

俗习向有讳疾忌医的通病，初时沐捷三隐忍不言，后来时日既久，病入膏肓，虽有和缓，不能奏功，沐捷三的病势日益沉重。及至易箦之时，他对他夫人武氏泣嘱道："我现在病已垂危，不可救药。我有几句要紧的话切嘱，你须牢记，不可忘却（言者酸鼻，闻者伤心，况其妇乎）。"

沐捷三说到此，忍不住泪下如雨。武氏亦不禁掩面悲啼，正是：

人生万般哀苦事，无过死别与生离。

毕竟沐捷三的性命如何，所嘱何言，请待下回续写。

修竹庐主人评曰：

沐大公壮游南北，所行侠义事正多，而作者仅传其合江等数役，得毋嫌挂一漏万乎？曰：不。本书之旨，在以小说家言，而示人以练武门径，所以夹叙他事者，盖欲借以引起读者之兴味，与知夫练武之益耳。故传柳公侠也，不多详其任侠，而详叙其学武。传沐大公亦然。唯为避犯重起见，故乃不得不详写其任侠耳，至若举一隅不以三隅反者，则亦中人以下耳，以云作文，固难言之也。

沐捷三立志复父之仇，乃天不假年，此非作者故为酸心之文，欲赚读者之泪，实为讳疾忌医之俗习误人，痛下针砭耳。

沐大公不杀南强，盖因其母而全之也，手指一弹，已损其肺脏，则其功力为何如，读者盖可于此觇之矣。

第十三回

急父仇孝子短命
成祖志贤孙习武

诗曰：

> 枪号中平艺中王，棍兼各法尽其长。
>
> 三棍七枪人皆晓，少林枪棒世共藏。

话说沐捷三病至垂危，招手唤他夫人武氏至床前嘱咐后事。武氏掩面悲啼，忍痛劝慰丈夫，说："只须静养几天，即可痊愈（无可奈何之言）。"

沐捷三叹道："贤妻，那是庸医骗人的话，不可听他。我的病，当初应怪自己不好（人之将死，其言也善，世人或有感于斯言）。病已上身，就该直言明告，使医生可以用药。本来世上能有几个华佗，能一见即知病源、按脉即知病理，即能对症发药呢（世之大夫大都如此，言之可叹）？无非全仗着个'望、闻、问、切'四字诀罢了。既然切脉居其末，当然望、闻、问很重要了，一般医士望既不能辨色知病，闻又不能闻声知病，于是丢下'望、闻、切'三字，专靠一个'问'字做他支配药剂的根本方针（写尽世上医生诊病情形）。偏生人们都有讳疾忌医的恶习，不肯将病源、病情、病理完全据实直明地告医生，医生既问不出头绪，但靠着三个指头，这用药可不就真有些危险吗？医生应担责任的，不得已避重就轻，先用差不多的方子试探对不对路，所以往往有诊过二三次、服药后丝毫无效的，就是中了此弊（病言时医之弊，唯医界有以改之）。再逢着病家性急，因无效而更医，于是病遂不起（此是为病家进忠告）。我这回的病，最初误于讳病忌医，因为怕难为情，遂不肯说实话（明达者亦蹈此弊，无怪一切庸人矣。噫）。大夫用药探路，走错了路（呜呼！世人走错路者纂夥，固不仅医生用药一事然也），再用药扳回时，无如费尽心机、用尽九牛二虎之力，终不能将病救回。贤妻，我所以告诉你，以后如遇有亲戚或是家中人生病时，务必劝告他们，不可学我的样儿，也讳疾忌医（沐捷三之言，可名为尸谏），这是我医病不实说，自取其咎，且不去说他。

"如今有一件最大心事要对你讲，你现在已有孕在身，计算大约不出两月即可临盆。我死之后，你切不可过于伤悲，怕的冲动了胎气，不是要处。我此番之死，虽系自不小心，但亦因急于想练成武技，马上就去代父亲洗涤四次被柳公侠所败辱之耻（使家家有子如此，其家必兴；使国民能个个如此，其国必强）。不料壮志未伸，人已作古。我死后，你如生得一女，无有什么希望（目今时世，女子有参政权、承继权，盖与男子一律无殊，此语已成过去矣）；倘生一男，你务必将他好生抚育，从小即命他随从祖父学武，庶几能在少时即可继承我的志愿，将柳公侠打倒，代祖父报仇雪耻。"说到此，泪如泉涌，被枕尽湿。

同时沐大公闻声走来看时，只见捷三哭道："父亲，儿子不孝，不能再随侍奉养你老人家了，反而要你老人家送儿子上山。儿子死在九泉，亦觉万分不安。"

说着，又呜咽着对武氏道："我死之后，所幸我家还称小康，不比得赤贫之家。务望你为我代修子职，仰事俯畜，我纵死亦能瞑目了（凄言楚语，闻之断肠）。"

说到此，痰往上涌，泣不成声，顷刻间双足一顿直，两睛一翻白，即已与世长辞，往天上做修文郎去了。正是：

在世争名与争利，无常一到万事休。

沐捷三死后，武氏抱尸大恸，痛哭得晕厥过去，良久始能复苏。

沐大公一子单传，老年丧子，当然悲痛愈恒。只因寡媳年轻，又有身孕，不得不强打精神，忍痛含悲，止泪住哭（只几句，写出伤心饮泣之衰来），反而着人飞速到武家去请武丰林夫妇一家及各亲长到来，帮同处理丧事，请武丰林夫妻劝他女儿，不可过悲，有伤胎儿。

武氏经娘、婆二家的各亲长、内眷彼慰此劝，只得勉强收泪，收殓成服。外事由沐大公主持，内事权由武丰林之妻帮同她女儿照料，倒也井井有条。

丧事办完后，武氏已是足月，照例母族应居在夫家奉养，故此武丰林之妻即住在沐家，不即回家。果然不出半月，武氏已是分娩，所幸天大喜事。第一，大人小孩儿均皆平安无恙；第二，小孩儿是个男婴，这一喜，喜得沐、武两家长辈无不笑逐颜开，齐说："积善之家，应有余庆，此乃当然之事（写亲长都善欢善祷）。"

时光易过，三朝汤饼会、弥月、百岁，转瞬均已接踵而至。人家都因小孩儿是遗腹子，稀罕的事，所以都各代他家欢喜，馈赠恭贺，非常热闹。武氏却亦借此聊以自慰，只不过觉得美中不足罢了（寡妇之心理，太可怜）。沐大公因自己希望得一遗腹孙男，正如大旱之望时雨，因此于百岁这天，当着众亲友，即给孙儿取名，唤作时雨，预定将来成丁后，取字甘霖（首回言年幼无字，谦辞也）。百岁之后，不知不觉间已是周岁，指着一年一年的时光如流水般过去，沐时雨倏然间已长到六岁。

这时节，沐时雨即生性喜动不好静（"仁者乐山，智者乐水"，沐时雨，其智者欤）。当他在三朝洗澡时，沐大公因为儿子为欲代自己雪恨，练功起早，虽系因房事伤寒而亡，但在实际上，究竟身体本不大好，又早年读书过于用功，使身体受了损伤，所以才致那么容易病倒。因此，沐大公怕孙儿身体再不结实，将来再蹈他父亲的覆辙，故于洗澡那日起，即吩咐以后洗澡，即须逐次用铁质煎水，加食盐少许，一齐冲在开水内，温和给孙儿洗浴。每次洗浴时，逐次给孙儿从头至脚，轻轻地拍打，随后逐次拍打的气力加重加多，拍打到二年以后，即舍去手掌，改用竹片，竹片用过一年多，即改为细树枝。如此逐次给时雨煎洗，在一年后，即将铁质盐水等改作用药。那药方即系采用的《易筋经》熏洗药方。

本来小孩儿洗浴，中外各国都给小孩儿施行轻拍的手续，在西医方面，名目即叫作人工呼吸，中国虽有此法，却并未给他取一个名称，再有一点不同的，即是人工呼吸所拍打的地方并不由头至足。沐大公命武氏拍打时雨的，却是周身无处不完全拍到，从三朝起，直洗拍敲打到六岁时，时雨的身体上从头至脚，无论何处，都很能吃得起一点儿小苦，比如往往有大小孩子和他在一起玩耍时，用手打他、掐他、捏他，他都能毫不觉得。六岁之后，沐大公即逐日亲自教他练习拳足。

武氏也将他父亲因欲报他祖父之仇、苦练功夫、染病身亡之故告知时雨，并解释道："你父亲虽不是姓柳的所杀，但你父亲因你祖父受了挫辱，碍于丐王文正的劝阻，不好去报，耿耿于心，才苦心

116

练武，因练武才至身亡。推本穷源，如你祖父没有被柳公侠四次打败的挫辱，你父亲何致学武而亡呢？所以这就叫作：'我虽不杀伯仁，伯仁却因我而死。'你父亲的丧命，的确不能不怪柳公侠（独不思如无柳公侠，沐大公之艺绝不能得有深造耶）。"

沐时雨自六岁时即已听得母训，勉励自己继续父志，仰承祖父未为之心，定必于最短年月内将武力学好，往忠州酆都县去将那个柳老头儿打倒，代祖父雪耻，为父亲争气。诸如这样的训言，差不多无日不听见。受训既深，自然专心益力，故此沐时雨跟从乃祖学武，极易会又极易精熟。

沐大公见孙儿如此易于精进，虽然学武可以成大名家，但恐他不学无术，将来不免偾事，也和自己少时的行为一样，岂不是使先人在天之灵不安（能念及先人，此沐大公之所以能有令子贤孙以承其志而享天伦之乐也，奈何世人忘背其父母哉）。于是于每日教他武技之外，特命武氏每日教授时雨的字课。等到时雨年十岁时，文章已作得很清通，能以辞达意。武艺一方面亦将基本的功夫，如《八段锦》《易筋经》等都学全练精。即于这年起，沐大公遂将太祖长拳、绵张短打两种长短徒手实用根本的拳术，同时又将杨家枪、孙家阴手棍、少林兼枪带棒（即少林棍法名）三种用器械的实用功夫都传授给时雨，命他早晚练习，不可间断。同时又逐渐先授他的剑术腿功（参看剑法、腿功图），将腿功先画好图式，给他先揣摩记清，然后再照图模仿着练。

腿法第一图

腿法第二图

腿法第三图

118

腿法第四图

腿法第五图

甲　　　　　　　　　乙

对击交手第一图

甲以剑劈面砍乙，乙侧身闪避，以剑砍甲之手颈，乘势下摸

119

对击交手第二图

甲变换翻身，正定，提剑当胸以格洗乙剑，乙既未能斩甲手，即移剑横击甲胸，故甲以剑揭开之

时雨觉得有图无歌，难于记忆。于是沐大公又将剑法、腿功歌诀抄给了他，使他背诵记熟。并说："腿法虽只图画五幅，但是千变万化，皆从此中生出。又有叉腿、滚身等法，图极难画，所以不曾画得，只要你能将歌诀记清，能会悟其意，自可明了，再练熟此腿功五图后，熟能生巧，自能明白。"

沐时雨大喜，把歌诀与图参合同观。歌云：

起庄樗手一肩锋，亶手向前一抄从。

回步金鸡夸独立，跳梁一步七星凶。

沐时雨看罢，即又要求他祖父绘授少林棍法图谱，庶好易于记学，于是沐大公即又用尽心思，将少林棍法，凡能画得图谱的，如小夜叉一二五路、大夜叉一路、阴手棍一路等五张图谱一齐都画将出来，交付时雨，仔细看熟记牢（以下五张图略）。时雨看时，乃是：

小夜叉第一路棍谱:

高四平，进步跨剑，进步骑马，进步披身，铺地锦，退步猪龙拱地，偷步四平，推根悬脚梁枪，打一棍骑马，搅一棍，偷步扎三枪，推通袖，扯披身，进步骑马，进步跨剑，进步穿袖，进步绞系打铺地锦，搅一棍，扎一枪，退回五花滚身迎转骑马，进步跨剑定膝，偷步吕布倒拖戟，进步韩信磨旗，打铺地锦，搅一棍，扎一枪，退回五花滚身迎转偷步，磨旗中四耳。

小夜叉第二路棍谱:

高四平，进步扎三枪，披身，退步拱地，偷步四平，棍枪出迎转霸王上弓，进右边披身，迎转靠山，进左边推根悬脚梁枪，换手打左献花，换手打右献花，绞系进步悬脚梁枪，绞系进步左踢一脚，搅一棍，扎一枪，换手拨草寻蛇出，陈香劈华山，换手打朝天一炷香，进步五花滚身打铺地锦，搅一棍，扎一枪，退回五花滚身迎转骑马，金刚献钻，踢一脚，二郎担山，偷一步，扰一棍，打一棍，拨草寻蛇出，劈山，行者肩挑金箍棒。

小夜叉第五路棍谱:

高四平，进步旋风跨剑，滚身铺地锦，回转滚身铺地锦，回转五花骑马，左转进步打满天棚不漏风，燕子酌水，右转回打遮天不漏雨，右边，边叉，左转打满天棚不漏风，左边，燕子酌水，右转回打遮天不漏雨，后边，边叉，踢一脚，四平，进步骑马，进步跨剑，进步穿袖，仙人大坐，扎一枪，滚身铺地锦，搅一棍，扎一枪，滚身出迎转倒拖

121

荆棘不留门。

大夜叉第一路棍谱：

高四平，进步扎三枪，披身，拱地，拖枪出迎转金鸡独立，进步骑马，退步推坐洞，扎一枪，滚身打铺地锦，搅一棍，扎一枪，仙人过桥坐洞，进步推骑马，进步换手打撒花盖顶，回转换手悬脚梁枪，回转边叉，进步撩手跨剑，滚身铺地锦，进步迎转独立，进步骑马，换手打撒花盖顶，迎转换手悬脚梁枪，迎转边叉，进步撩手跨剑，滚身打铺地锦，搅一棍，扎一枪，进步滚身铺地锦，搅一棍，扎一枪，二郎担山出，坐洞迎转二起脚，搅一棍，扎一枪，剪步出群拦，披身，四平。

阴手第一路棍谱：

高四平，进步扎三枪，进步披身，拱地，安捧定膝，拖枪换阴手，背弓迎转金鸡独立，定膝，推二棍，进二步，踢一脚，退一步，打枯树盘根，背弓打一棍，扎一枪，踢一脚，进一步，打枯树盘根，背弓退出迎转坐洞，偷步滚身四平，推二棍，进二步，阴挽手，推二棍，进二步，扎一枪，五花出迎转骑马，推二棍，进二步，大梁枪，推二棍，进二步，扎一枪，棍根打披身，推二棍，进二步，扎一枪，进步打跌膝，迎转滚身四平，推二棍，进二步，阴挽手，扎一枪，闪身出迎转金鸡独立，推二棍，进二步，扎一枪，五花出迎转铁扇紧关门。

时雨看罢大喜，从这天起，即动心诵读，力求精进。正是：

祖父身均勤学武，家传真艺自不同。

究竟沐时雨后来武技如何练成，有无枝节，请待下回分解。

修竹庐主人评曰：

沐捷三临终遗言，痛论时医之弊，切中繁要，入木三分。吾不知全国医界读此，亦有感于中，而思有以改善之欤？若夫世之讳疾忌医者，则尤当三复斯言，庶几有豸。

沐捷三死于伤寒，乃书之曰急父仇者，为其志也。

著者语我云："本回所写沐大公洗浴拍打沐时雨之法，系得诸传闻，究否信可仿行，则不敢必。唯希读者以小说家言目之，可也。"合代志明。

前传公冶氏遗腹产子，此又传武氏遗腹产子，前后写法，绝不雷同，事虽故犯，能令人不觉其重，不厌其重，斯其所以为名笔，为难能也。

第十四回

传棍法类及诸般艺
习剑术精研内外功

棍名歌：

> 兼枪带棒最称强，四平等式艺中王。
> 少林宗法微妙处，大小夜叉各具长。
> 阴手化长作短用，排棍盘旋势难当。
> 更有穿梭与破棍，精习变化幻靡常。

话说沐时雨得乃祖大公抄示小夜叉、大夜叉等棍谱、棍图，及剑术、腿功等后，日夜精研牢记揣摩，晓熟之后，沐大公即将棍法姿势动作逐手逐式地也陆续绘成图式，每幅图式都附录着诀（即方法），陆续将图式、棍法绘录给时雨看。看图读诀，熟记姿势，背诵法诀，每天传授一式，后再逐日增加。前后经过了一月多时日，才将少林棍法的图式方法八十图传授完毕（参观棍法八十式图式及方法歌诀）。

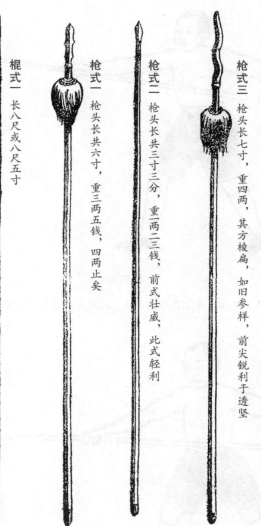

枪式三　枪头长七寸，重四两，其方棱扁，如旧参样，前尖锐利于透坚

枪式二　枪头长共三寸三分，重一两二三钱，前式壮威，此式轻利

枪式一　枪头长共六寸，重三两五钱，四两止矣

棍式一　长八尺或八尺五寸

125

高四平式

四平高式变换活，枪来扎脸用拿法，扎前拳蹲身打下，棍底枪搭袖可脱

中四平式

中四平式真个奇，神出鬼不不易知，合辟纵横随意变，诸式推尊永不移

低四平式

四平低式上着，白蛇弄风拿捉，任伊左右劈来，边群二拦随作，棍高可扎前拳，唯怕搭袖高削

单手扎枪式

持棍须识合阴阳，扎人单手最为良，前手放时后手尽，一寸能长一寸强，阳出阴收防救护，顺立二拦收败枪，扎人无如此着妙，中平一点是枪王

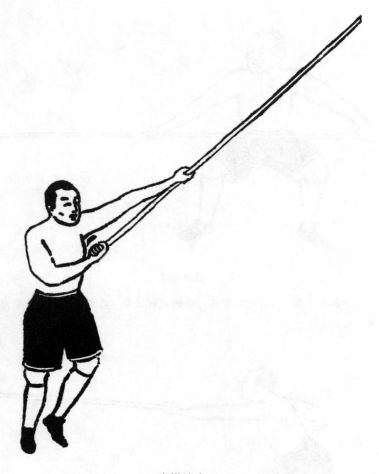

高搭袖式

式名搭袖棍壁立，前虚后实在呼吸，侧身斜劈非真劈，颠步平拿圈外入，方弱式低不吾降，唯怕鹌鹑单打急

边拦式

左号边拦右群拦，两边拿扎不为难，唯有穿提柔式妙，防他左右棍头钻

群拦式

伏虎式

伏虎头高不易摧，挨梢即进莫徘徊，左右扎吾劈打易，高低扎我捉提开，搭袖式来虽可畏，犹有四平堪取裁

定膝式

定膝立式似伏虎，劈拿捉打我为主，倘遇搭袖高打来，顺变二拦来救补

潜龙式

潜龙棍首落，诸式以静降，四路无空着，唯防虎口枪

铁牛耕地式

铁牛耕地甚刚强，拥上打下最难当，扑鹌鹑来硬打硬，莫若变式另思量

131

孤雁出群式

圈外有败枪，孤雁出群走，回打扑鹌鹑，无论单双手。其棍横在左膝上，或单双手，以便劈打

敬德倒拉鞭式

圈里有败枪，拉鞭走救护，风卷残云入，刀出鞘回顾，双手劈开枪，群拦进左步

刀出鞘式

刀出鞘，棍在后，单手棍打入，拉鞭向后走，再进风卷残云，依旧出鞘
单手

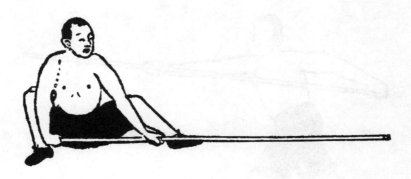

地蛇枪式

高枪扎面不拦遮，地蛇伏下最为佳，他用提枪偷步进，死蛇变作活蛇夸

提枪式

提主降低棍，棍起任拿捉，难测彼穿提，甚勿漫相角

骑马式

骑马非顺步，推开上右足，穿袖虽可拿，不如伏虎速

穿袖式

圈外式难当，穿袖推开妙，群拦避里枪，退步人难料，上脚打旋风，定式

刀出鞘

仙人坐洞式

穿袖上外枪，枪来坐洞躲，躲过便发枪，单手疾如火

乌龙翻江式

先立群拦左右拿，再用翻江方得确，他棍不论假和真，我缠棍底尽拿捉，

左拉右拉步紧跟，还枪跳出尤拿着

披身式

圈内先须发哄枪，顺势披身示不迫，他上穿提来逼吾，拖戟退时随手格，

回身右足推向前，便成骑马敌人侧

136

吕布倒拖戟式

抽身拖戟是退式，门户在梢分开闭，进步捉拿均四平，拦开骑马圈外济，

欲知单手进扎人，唯有梢开方可制

飞天叉式

飞天叉，圈外防，穿提须用缠捉救，虎口枪来伏虎拦，此式手与翻江异，

变换出入皆一般

137

陈香劈华山式

劈山右手前，打下明放隙，圈外乘吾虚，顺勾随顺劈

顺步劈山式

圈外立劈山，阴拳顺推出，跟棍削前拳，快似剪子股

剪子股式

手不同分用则同，剪子股式类穿袖，提拿不怕扎高低，劈扎何愁攻左右，圈里圈外他拿开，劈山劈柴我退救

庄家乱劈柴式

劈柴换手圈里认，右缠右劈挪步进

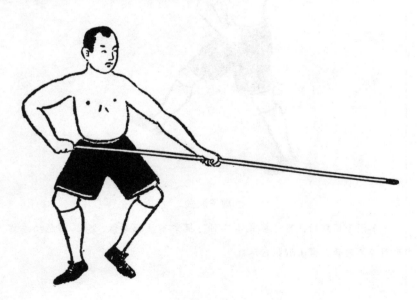

黑风雁翅式

雁翅先勾圈外枪，锁口扎来掤打易

高提式

提棍要过头，他起我便勾，跟棍上圈外，单顶打不休

乌云罩顶式

罩顶在圈外，身已入棍前，劈下他勾我，剪步退群拦

通袖式

通袖式，真个奇，上下左右无空着，提拿劈捉任施为，纵他左右能拿劈，

边群二拦顺势支

劈式

劈式立自磨旗，特输后手饵入，枪来缩手一劈，彼即躲遮何及

霸王上弓式

上弓掤打雁翅同，须知左足虚实异，若从圈里赚外穿，唯有缠拦是救地

朝天枪式

朝天三不静，以柔制刚同，勾开打脑后，名唤一窝蜂，待勾回棍打，高衣斩蛇雄，他拿我扫脚，群拦出待攻

金刚抱琵琶式

扎我虚实难知，退步穿勾且哄，认真推棍劈下，圈外枪来尤恐，新力于此急求生，颠步平拿堪宠

跨剑式

跨剑放空待人扎，打开移步变群拦，他扎勾开复跨剑，斜上单打防最难

左右献花式

左足高悬左献花，横打换手右献花，左缠左打群拦进，右缠右打穿袖加

右献花式

尽头枪式

尽头枪与提原异，偷步上斜行极利，虎口枪示我不防，待乘虚巧拿难避

高搭手式

搭手单提均是哄手，后手接根劈拿皆有

单提手式

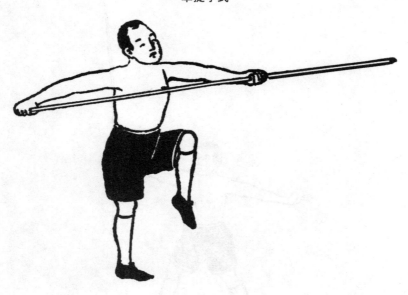

金鸡独立式

彼扎足兮我扎面，唯悬足兮独立便

148

倒拖荆棘式

扎人一枪棍丢后，此是逆局称诈斗，打前走后有多般，均与拉鞭无差谬

二郎担山式

担山式，用两般，扎来撩打变出鞘，不扎推开劈华山

凤凰单展翅式

展翅式开用者稀，上用稀拦下梢提，进步翻梢随打手，此招须用阴手携

下插式

旋风扫地式难拟，唯有下插硬搪抵，顺势单手高劈下，重如霹雳快如矢

挟衫式

挟衫双式甚多般，斜上出洞为最速

一提金式

入怀难用长棍，故取阴手紧密，圈外须用棍根，进步打手最疾

秦王跨剑式

提金翻棍挤进怀，秦王跨剑棍紧挨

前拦搪式

前拦搪，亦阴手，棍起梢压封，翻根进打首

勾挂硬靠式

前拦搪式打圈里，勾挂硬靠走圈外

锁口枪式

拦搪提下枪，锁口封上手

铁扇紧关门式

铁扇略似抱琵琶，用梢顺手提捉进

撑式

低棍不遮横硬撑，圈外扫足亦撑住

单倒手式

倒手打退棍，接着阴阳手

问答篇：

或问曰：语云枪乃艺中之王，以其各器难敌也。又谓棍为艺中魁首者，此何说乎？余曰：凡武备众器，非无妙用，但身手足法多不能外乎棍，如枪之中平，拳之四平，即棍之四平式也；剑之骑马分鬃，拳之探马，即棍之跨剑式也；藤牌之斜行，拳之跃步，即棍之骑马式也；拳之右一撤步，长倭刀之看刀，即棍之顺步劈山式也；关刀勒马登峰，拳之单鞭，即棍之凤展翅式也；叉之埋头献钻，即棍之潜龙式也；枪之扎枪，拳之掸拳，长倭刀之刺刀，即棍之单手扎枪式也；拳之进步横拳，倭刀之单手撩刀，即棍之旋风跨剑式也。凡此类，难尽述，唯同志者，引申触类，则魁首之说不虚矣。

对时雨道："这八十幅图式虽系棍法，实兼枪法（点明一句）。本来少林棍法的玄妙，即在'兼枪带棒'四字，少林棍法乃系三分棍、七分枪，所以学武的人叫作练枪棒。比如从前的书上说，一个出练把式兼卖伤膏药的江湖中人，总是说使枪棒卖膏药的（此说《水浒传》中习见）；又说，打人千下，不如一扎，打是棍法，扎是枪法。少林棍法之妙，即因其融合枪棍二法，打扎兼备（不是兼枪带棒），所以学武的人总是以枪为十八般武艺中的大王，棍为十八般武艺中的魁首。现在你已练有多时的拳术，可曾明白这两句话的意思吗（此作者借沐言以询问读者之曾学武者耳）？"

沐时雨心中虽然有些了解，但恐回说错了，不敢就马上回答（暗写沐大公课孙之严），因即转向祖父请益。

沐大公拈髯微笑道："读书的人考究触类旁通，举一反三；学武的人亦何尝不然呢（以文为证）？原本十八般武器的运用姿势方法，虽然形式名称不同，但颇多与棍法吻合的。换句话说，就是练各武艺的身手足法，大概都不能跳出棍法的范围之外，比如枪法中的中平式、拳术中的四平式，就是棍法中的四平式；又如剑术中的骑马分鬃式、拳术中的探马式，就是棍法中的跨剑式；像藤牌法中的斜行式、拳法中的跃步，就是棍法的骑马式；像单刀法中的看刀和拳术中的右一撤步，也与棍法中的顺步劈山式相同；像关刀法中的勒马登峰式、拳法中的单鞭式，和棍法中的凤凰展翅式一样；像钢叉法中的埋头献钻，本就是棍法中的潜龙式；长枪法中的扎枪式、拳法的揎拳式、单刀法的刺刀式，都和棍法中的单手扎枪式相同。单刀法的单手撩刀式、拳术的进步横拳式，都和棍法中的旋风跨剑式无异。诸如此类，不一而足。因为棍法是兼枪带棒、三分棍七分枪，所以人称枪为艺中之王，棍为艺中之首，枪棍并称的，就是这个道理（借枪棒并称以明枪棒之重要）。现在我已将棍法八十式图式说明都传授了你，你只要能精心体会，悉心研究，兼习别种武艺时，自能触类旁通。"

沐时雨听罢，觉得比自己所已知的多了许多，不由喜愧交并。自此以后，沐时雨跟随乃祖早晚苦练杨家枪、太祖长拳、绵张短打、孙家棍、少林棍法（即兼枪带棒也）五种武艺，日中攻读诗书、陶冶学养，文武兼重，免偏重武术、成为粗暴恶劣气性（复述一遍者，盖示世人学武者须兼重文学不可忽视也）。

时雨因欲秉承他父亲的遗训，急于成功，好从速为祖报仇，安慰他父亲的在天之灵，故此勤学苦练，极其认真。仗着他的聪明，颇能闻一知二，故此进步之速，竟不让乃祖当年（一句省却许多文字）。五种武艺学成之后，沐大公复又教授他形意拳、太极剑、单刀、画戟、关刀、锤、铩、叉、铜、虎头钩、子母七剑、虎尾梢、软鞭、竹节鞭、双链、月斧、月牙铲、蛾眉铲、蛾眉刺、钩镰枪、标枪、藤牌、雌雄剑、双斧、双锤、双刀、双铜、双钩、双剑、双戟、罗汉拳、武松拳、弹弓、射箭、连珠弹、连珠箭、双手打标接标、紧背低头弩、墨雨飞篁、梅花针等种种武艺，无论空手、用械、马上、步下、登高、平地、白天、黑夜、打接暗器等等，教得沐时雨无一不能、无一不精。由此再教时雨练力、练气、练劲，将内外软硬各功逐步练习完成，由此又传授时雨练十三剑。在练前，亦照例先绘示图式，说明方法（参观十三剑图式及说明），使时雨看熟记清了解之后，才亲自执剑教练，守时雨十三剑学完、练熟、练精之后，遂进步再传他二十四剑。

十三剑第一图

与七剑母之第一剑同式

十三剑第二图

亦与七剑母之第二剑同式

十三剑第三图

换进右足一步，剑由怀中挽小花放出

十三剑第四图

与七剑母之第四剑同式，唯起手多小挽花

十三剑第五图

退左足还右足，身随剑转，剑从上砍下

十三剑第六图

起止与前第四剑同式

十三剑第七图

跃前一步，剑从顶上环绕一周，从圈中砍展，谓之乌云盖顶式

十三剑第八图

右手剑翻向外起，右足转左足，迴中剑摸二转

十三剑第九图

与七剑母之第六剑略似，唯宜正撩

十三剑第十图

上左足，立右足，剑挽前花反撩，左右手先交叉后开展

十三剑第十一图

与七剑母之第五剑同式

十三剑第十二图

与七剑母之第六剑同式

十三剑第十三图

与七剑母之第七剑同式

传授时，亦如前例（叙法变换）绘图说明（参见二十四剑姿势图及说明），先看后教。

二十四剑第一图

此与七剑母之首剑法同，唯图绘反面，盖前图自北而南，此则由南往北看也

二十四剑第二图

翻身，右手以剑带花，花当面转，右手执剑，剑尖朝下，悬腕高提，收右足，亦随剑转倒丁字步，右足如"丨"，左足如"一"，左掌朝后半展

二十四剑第三图

纵一步向前出左足，斜伸右足，略依蹬弯势，坐下盘桓近地，左手向右作迴把式，手在右乳旁，右手执剑，斜砍向左

163

二十四剑第四图

转身背向前，扭左足向前，剑从左面带胸膛绕过，挽半花由下往上斜撩向右，而右足则在后，略伸腿弯，上仰朝天

二十四剑第五图

翻身平砍，如七剑母之五剑式

二十四剑第六图

进步翻身，腿足俱转，右手前向平砍，左手伸展，左足立正

二十四剑第七图

向前进步或退步，仍再翻身向砍式，与六剑式略同

二十四剑第八图

伸左手横扬，右手剑由上横砍下，头目朝剑尖，右足上前，斜伸如箭，左足蹬后，略弯如弓

165

二十四剑第九图

进步翻身，手足俱转，略如前第六图式，唯双足稍异

二十四剑第十图

接前迥马剑大翻身式，或进步或退步，用剑砍，如前第七剑式

二十四剑第十一图

与前第八剑形式略同

166

二十四劍第十二圖

与前第九劍略同

二十四劍第十三圖

右足斜立，左足移後，如交叉形，右手執劍，以下面花向前，左手揚後

二十四劍第十四圖

先移開前式交叉之左足，再起右足，帶縱帶跳向前進步，舉劍從頭頂上繞

一周砍去，此謂之雪花蓋頂

二十四剑第十五图

接前剑砍式，将右手腕翻剑向外，剑随身转二转，带纵带转，带控带摸，
宜圆转利速，所谓风雨翻云式也

二十四剑第十六图

接前图式，换步时要先跃起一下，即纵左脚进伸于前，左腿斜伸向前，右
腿蹬后，把剑朝天过顶，故名吞天式，左手斜展，而后略下

二十四剑第十七图

换左足踏右边，再上右足于前，右手借势摇转，为左撩剑，左手展开于后

二十四剑第十八图

换右足，从空处转回左边，上左足于前，剑花向右转出，顺势为右撩剑，左手蹬后

二十四剑第十九图

如十六图式，遁一式复起凝横，右手提剑高起，展开朝天式，左手亦伸开展平

169

二十四剑第二十图

进剑换半花前，向上撩，仰手式，左手由下换花展后，右足朝前，左足蹬
后着劲

二十四剑第二十一图

此剑须挽面里半花，往前再一撩，右手伸展，上左足，退右足

二十四剑第二十二图

此与七剑母之第五剑相同

二十四剑第二十三图

此与七剑母之第六剑略同

二十四剑第二十四图

此与七剑母之第七剑收式相同

沐时雨在习棍法之后，才知小夜叉六路只绘示三路图谱，及大夜叉亦共六路只绘示一路图谱，阴手六路只绘示一路图谱的原因，乃是因其余未绘示的几路图谱皆与已绘示的图谱大致相同，身、手、足、步、姿势、动作均属大同小异，所以才不再绘示。至于排棍（亦少林棍法名），乃系两人一上一下，彼此往来盘旋，周回旋转近身入怀。每次练时，俱是与乃祖对敌演练（学武者师徒每取对手模样，昔今一律，盖所以练演纯熟，庶身手活泼、临敌不致呆板失败耳）。棍法亦是六

171

路，因系活法，图极难绘，所以才不曾绘示图式。穿梭棍法，只有一路，亦因系活法，无一定式，所以亦不曾绘示图说（所以写此几句者，盖恐读者对无图谱者有疑问，故记之，以为一切有艺名无图谱者作注脚也，读者当能以此类推矣。）

当时因学棍法之后，即学习诸般武艺，故将棍法是否已学完全的话亦不曾问得，及至此时学习剑法，既由练各种内外软硬功练到剑法的内功（参看前文所已见之图式）。更由子母七剑练到十三剑，及二十四剑（七剑图已见前文），遂连类想到各种武艺，都系由熟而精，由精而神化（因十三、二十四两种剑法均由七剑化出，故时雨连类想及）。因于无意中询问乃祖，棍既称艺中魁首，是否自己所已传习的大小夜叉各六路、阴手排棍亦各六路，穿梭一路，即已经学习完全。

沐大公笑道："你休贪多嚼不烂，须知学艺宜乎先专心攻一，一精即可百精，所谓豁然贯通，即是此意。你所学的诸路棍法，虽可算是已学完成，但尚有两种棍法，一种叫作阴手短棍，和你已学的阴手棍法及孙家棍法中的短棍都不同，但你已学了各路棍法，这一路阴手短棍即不学亦没甚要紧。再有一种叫作破棍，这破棍却很占重要，不可不学，我因要看你能不能自己从已学的几种棍法中变化出一种新棍法来，和破棍相合与否，所以才暂时姑且不将这破棍的一种传你。你现在既已问我，我就将破棍的棍谱以及方法齐抄传给你吧（说出所以一下手不即传之意）！但你须要知道，务必学一精一，切勿应了文人口中的故典，叫作涉猎不精（此为学之大忌，故作者不惮烦，反复言之），与其百知百晓而无一精，不如不知不晓而精于一（道贵乎一贯，明乎此义，然后可以图成功）。"

沐时雨唯唯受教。当日沐大公即将六路破棍的棍谱、棍法一齐抄示乃孙，时雨接过观看，乃是：

172

破棍第一路谱：

四平，搭外扎里。

法曰：圈外搭，圈里看，我立四平，彼搭我圈外，扎我圈里。

双封单闭。

彼扎我圈里，我劈开彼棍，扎彼圈里，或心或手或胁，圈外皆同。

封枪锁口。

彼扎我圈里，我拿开棍，进步指彼咽喉。

大梁枪。

彼见我指咽喉，扎我膝脚，我用高提彼棍。

勾挂硬靠。

彼见我提棍，棍则起削我手，我顺彼势力，勾挂进步走圈外，硬靠打彼手。

一提金。

彼见我棍上打手，彼下打我膝脚，我用棍根提彼前手。

上封枪。

彼见我提手，彼棍起，我进步用棍梢打彼手。

勾挂秦王跨剑。

彼见我打手，下打我脚膝，我进步用棍根提彼手，彼棍则起，我顺彼势，勾挂进步走圈里，扎彼心胁。

前拦搪。

彼见我扎心胁，下扎我膝脚，我移右脚，用棍梢提彼手。

护心枪。

彼见我提手，上扎我心，我挤进拿开彼棍，锁彼口。

173

滚枪锁口。

彼见我棍锁口，彼掤起我棍，我抽棍复扎彼咽喉。

破棍第二路谱：

外滚手，黑风雁翔。

我立四平，彼搭我圈里，扎我圈外，我用外滚手勾开彼棍，我偏在圈外。

硬封进步锁口。

彼见我势偏在圈外，彼必扎我圈里，我硬封开彼棍，进步锁口。

脚下枪提手。

彼见我锁口，下扎我膝脚，我一提，彼扎我面心，我拿开彼棍，扎彼心面。

大梁枪，勾挂乌云单顶。

彼见我扎心面，彼扎我膝脚，我一提，彼棍则起削我手，我则顺彼势力，勾挂进步走圈外，打彼头耳。

剪步群拦。

彼见我打头耳，彼用棍勾开我棍，我顺彼势力，剪步跳出立群拦。

勾跨剑。

彼见我立群拦，扎我圈外，我勾开彼棍，立跨剑。

打群拦。

彼见我立跨剑，扎我圈里，我劈开彼棍，复立群拦。

进步一提金。

彼见我复立群拦，扎我圈外，我拦开彼棍，进步入彼圈外，彼棍下扫我脚，我用棍根一提。

174

单杀手。

彼见我一提，彼棍勾起削我手，我丢放前手，单手斜打彼手。

破棍第三路谱：

太公钓鱼。

我立钓鱼式，开圈外门户，彼扎我圈外。

孤雁出群。

我勾拿开彼棍走出。

鹞子扑鹌鹑。

彼见我走出，彼随后扎我右肩背，我闪开进步斜劈彼头手，立群拦。

群拦一封手。

彼见我立群拦，彼扎我圈外，我拦开彼棍，复立群拦。

二换手，一提金。

彼见我复立群拦，彼仍扎圈外，我勾开彼棍，换右手在前，圈外提彼手，彼棍起，我进步用棍根打彼手，彼棍打我膝脚，我用棍梢一提。

前拦搪锁口。

彼见我提手，彼棍起削我手，我顺彼势力，勾挂走圈里，棍梢扎彼心胁，彼打我脚膝，我用棍根提彼手，彼棍起扎我心面，我用棍根拿开彼棍，锁彼口。

破棍第四路谱：

小梁枪封枪。

我棍横一字正面封，彼扎我心面，我封开彼棍，进悬

175

左足。

朝天枪。

彼见我高悬左足，彼扎我圈外，我进步勾开彼棍。

脑后一窝蜂。

我勾开彼棍，进步圈外打彼脑后，彼勾开我棍，我顺彼势力走圈内，打彼头耳。

高祖斩蛇。

彼见我打头耳，彼闪拿下我棍。

剪步群拦。

我顺彼势力，扫打彼脚，剪步跳出立群拦。

后拦搪，前封手。

彼见我立群拦，扎我圈外，我勾开彼棍，进步圈外打彼脑后，彼棍将勾起，我进步打彼前手。

剪步群拦。

彼见我打手，彼勾开我棍，我顺彼势力，剪步跳出立群拦。

换手打一窝蜂。

彼见我立群拦，扎我圈外，我勾开彼棍，换右手在前，进步圈外打彼后脑。

换手打乌云罩顶。

彼见我打后脑，彼勾开我棍，我顺彼势力，换左手在前，走圈内打彼前手。

抽刀不入鞘。

彼见我打前手，彼则抽棍根打我手。

秦王大卸剑。

彼打我前手，我抽棍闪过，用棍根打彼头。

破棍第五路谱：

四平封枪。

我立四平，彼搭圈外，扎我圈里，我拿开彼棍。

倒托荆棘不留门。

我拿开彼棍，我棍丢在后，彼扎我面心。

空中云磨响。

我单手上撩开彼棍，单手下打彼脚。

敬德倒拉鞭。

我扫彼脚，佯输诈败走出。

遮天不漏雨。

我诈败走出，彼赶来扎我，我上撩彼棍，下打彼脚。

刀出鞘。

彼见我收出鞘，彼不分左右，扎我面肩，我单手斜劈下，再收出鞘。

风卷残云。

彼扎我面肩，我进步扰开彼棍，打彼手，立群拦。

脑后枪。

彼扎圈外，我勾开彼棍，退步如孤雁出群式。

进步锁口。

彼见我退出，随后扎我，我扰开彼棍，彼扎我脚，我提开彼棍，彼扎我面，我拿开彼棍，偷步一提一拿，锁彼口。

破棍第六路谱：

一截。

我立四平，彼搭我圈外，扎我圈里，我硬封开彼棍，彼扎我圈外，我又硬封开彼棍，名曰硬封。

二进。

彼扎我圈里，我拿开彼棍。

三拦。

我进步硬靠，彼扎我圈外。

四缠。

我进步伏虎打彼手，彼扎我脚。

五封。

我提开彼棍，彼扎我面，我拿开彼棍，扎彼心面，彼亦拿开我棍，扎我心面，我拿开彼棍，剪步跳出，立群拦。

六闭。

彼见我立群拦，扎我圈外，我拦开彼棍，立边拦，彼扎我圈里。我拿开彼棍，立群拦，彼扎圈外，我缠圈里，拿开彼棍，彼扎我脚，我提开彼棍，彼扎我面，我拿开彼棍，进步锁彼口，名曰：吃枪还枪、乌龙翻江、梨花三摆头。

破棍又二路谱：

外滚手。

我立四平，彼搭圈里，扎我圈外，我用外滚手勾开彼棍。

圈里枪，进步打伏虎。

彼见我外滚手勾开棍，彼扎我圈里，我进步伏虎打彼手。

二拦枪通袖。

彼见我圈里打伏虎，彼扎我圈外，我用通袖，圈外推

178

开彼棍。

三进步，硬靠。

彼见我通袖，圈外推开棍，彼扎我圈里，我拿开彼棍，进右步骑马硬靠，打彼手。

四进步，提拿。

彼见我骑马硬靠，彼扎我阴膝，我退右脚提开棍，彼扎我面，我拿开扎彼一枪。

二郎担山出。

扎彼一枪，彼拿开，我用担山走出。

左献花。

我二郎担山走出，换右手在前，悬左足立左献花，彼扎我，我横撩打开棍。

右献花。

我横撩打开棍，换左手在前，悬右足立右献花，彼扎我，我抚缠开棍。

打群拦。

我抚缠开棍，打下群拦，彼圈外扎我，我揭起开棍，进右步用穿袖，圈外打彼脑后。

进步脑后一窝蜂。

彼见我进右步，用穿袖圈外打脑后，彼勾开我棍。

金钩挂玉瓶。

彼勾我棍，我将棍梢收缩，用棍根打开彼棍，我进右步，圈外跟彼左脚，用棍根勾彼前颈项一跌。

破棍又四路谱：
外滚手。

我立四平，彼搭圈里，扎我圈外，我用外滚手勾开棍。

打潜龙锁口。

彼见我外滚手勾开棍，彼扎我圈里，我劈开棍立潜龙，彼扎我面，或扎我手，我拿开进步锁口。

剪步群拦。

彼见我锁口，彼拿我棍，我闪在圈外，剪步跳出立群拦。

仙人扫地。

彼见我立群拦，扎我圈外，我揭起开棍，单手旋风打彼脚。

刀出鞘，一封手。

彼见我打脚，躲过我棍，我立出鞘，彼扎我，我斜劈开棍收回，复立刀出鞘。

二进步打群拦。

彼见我复立刀出鞘，彼扎我，我打开棍，立群拦。

脑后一窝蜂。

彼见我立群拦，扎我圈外，我揭起开棍，进右步用穿袖，圈外打彼脑后。

截手扎一枪出。

彼见我打脑后，欲勾我棍，我即进左步，用棍截打彼前手，扎彼圈里一枪。

庄家乱劈柴（换右手在前）。

彼见我扎一枪，彼拿开我棍，我顺势走出，彼随跟扎我，换右手在前，回左转身劈打开棍，立顺步劈山。

顺步劈山（右手在前）。

彼见劈下立劈山，彼扎我圈外。

剪子股。

彼扎我圈外，我勾开棍，进左步圈里打彼头。

剪步出，凤凰单展翅。

彼见我打头，彼欲架开我棍，我截打彼手，顺势勾跳出，立单展翅。

一提金（阴手用）。

彼见我立展翅，扎我面，我进右步，圈外用棍梢撩开棍，彼下扎我脚。

上封手。

彼下扎我脚，我用棍根提手，彼棍起削我手，我进左步圈外，用棍梢打彼手。

钩挂锁口。

彼见我圈外棍梢打手，彼圈外下打我脚，我进右步圈外，用棍根提彼手，彼根起，我顺势钩挂走圈里锁口。

破棍又六路谱：

硬封三进步锁口。

我立四平，彼搭圈外，扎我圈里，我进左步，右脚稍移于左，劈彼前手，彼扎我圈外，我进左步，右脚稍移于右，劈彼前手，彼扎我圈里，劈开，进步锁口。

劈山棍。

彼见我锁口，拿我棍，我闪在圈外，立群拦。

燕子夺窝。

彼见我立群拦，扎我圈外，我揭起推开棍，顺棍劈打前手直下，及前脚面，扎彼圈外，剪步跳出。

后剪步，西牛望月。

181

剪步出，立梢开拖戟式，乃是西牛望月。

乌龙入洞。

彼见我立西牛望月，扎我圈外，我拦开上右步骑马式，

入彼圈外。

闪赚花枪锁口。

彼见我圈外上骑马，彼拦我棍，我闪赚缠拿，圈里

锁口。

时雨看罢大喜，当即照谱演练。本来他对于兼枪带棒的少林棍法早已练习纯熟，所以只要将谱记熟，即能照练。破棍的谱法本系如排棍一般的，须要有个对手，彼此同练，故此沐大公当日即执棍与乃孙对敌，演习教练，并随时纠正。沐时雨本来专心，聪明人肯用心，当然进步极快的，故此时沐时雨的武艺已到一旦豁然贯通、无不了解的当儿了。

沐大公见孙儿已将各种武艺都学习完成，遂逐日督着他练四十四剑，将腿功、内功、外功（四十四剑剑法，即系剑法外功）一齐练得精纯，因又督着时雨，照自己平时的练习一样，苦练掌功、指功，将铁砂手功夫练成，又教他练陆地飞行的功夫。

如此练有多时，沐大公心中暗喜，忖念："时雨的能为，现在虽不能说祖孙二人之功力悉敌，但是时雨的本领已确非一班时下的名家教师可比了。料想如果带着他同去找柳公侠报当年四败之仇，当可不致失败。"因这一忖度，遂决定先携带时雨出门闯道，顺便在中途打听丐王文正现在是否尚在人世（无可奈彼何，只得望其速死，免为自己报仇阻碍，思之可发一笑），并探听柳公侠的下落。

决定主意之后，即对时雨说知。时雨大喜，从这天起，格外加紧勤练，摩拳擦掌，恨不得立刻就会见柳公侠，将柳公侠打倒（写少

年人好胜心性如画），湔雪当年之耻，争回祖父的面子，安慰父亲的苦心（是孝子，是孝孙，存心如此，哪得不成功哉）。

沐大公那日取过宪书来，择选了个宜祭礼出行的黄道吉日，先期命寡媳武氏折锭锞，备祭菜，并给他祖孙二人收拾包袱，将应用的随身防护兵器都命时雨早先收拾完备，自己赶忙料理了些家政，吩咐武氏，随后各事当心。遂又按着秘方，修合了分别内外服敷的几种伤药，解蒙汗药的解药、醒闷香的解药、解毒药暗器毒的解药等诸般防患未然的药饵丸散，分装在几个瓷制的矮瓶里，每样丸散各用乌金纸包了几小包，写明药名、用法在包纸上，放在包袱里，另又修合了些闷香、麻药，也分别包好，放在包袱里，预备此行如有需用，好临时凑手。

沐时雨见祖父忙着修合这许多药饵丸散等件，心中暗暗领会，料知祖父此行，除去修怨之外，定必想另做一番侠义事业，否则绝不会预备这么许多药剂（借时雨忖度，以表明之）。

到期，沐大公命孙儿在家设祭，祭祀捷三，祷告此行的主旨。祭毕，祖孙二人用罢午饭，即便离家动身。时雨背负两个包袱，随着祖父出离了滇池城，请问祖父先往何处，是否即径赴成都或忠州去。

沐大公道："我想现在先往遵义去，拜过你师祖高风，再到大理去拜谒前辈董福通。董福通系文正的徒弟，如到高师父那里不能得知文正的确信，到董福通那里定可得到文正的信息；倘或文正尚在人世，我们寻见了柳公侠，我只好在暗中助你，明处须你独自与柳公侠对敌，免得文正真个得知信息后，出场来干预。他是当今的第一流剑侠，本领极高，目下可称无人可以胜得。如果他还在人世，当真来干预起来，我们绝非他的对手，那时反而多一层没趣，所以我想先去打听打听。"

沐时雨道："祖父的话虽系持重的算计，但在孙儿想来，却亦可以不必。文正当初劝祖父对柳公侠放弃了报复的心，不过是一种善意的劝解，并非当真要出面干预，硬带着柳公侠做偏向一方的和事佬。现在祖父大可完全推托在孙儿身上，如文正不知不问则已，果真知道，责问祖父为何不听他的劝告时，祖父即向孙儿身上一推，说是孙儿私自去做下的事，事前并不知道，谅来文正绝不会强出头怪祖父的。我们何必此刻先去绕上许多冤枉路呢？"

沐大公见孙儿主张颇可坚定，因即打消了先往遵义、大理之意，领着时雨径往四川省境内进发。一路经过各地，但凡是有名人的，祖孙二人必定登门访谒，因此一路上沐大公相逢旧雨，或是缔结新交，很会晤了许多名人。因即从这些名人口中探知文正、柳公侠二人的可喜消息（沐大公喜，文、柳二人悲矣）。

原来探得文正于最近的三个月前，在永州原籍病故了。文正的死，有人传说他是遇害，有人传说他是病故，究竟是因何致死，虽然远道传闻，不得而知，但是已死这话却是很确实的。文正既死，沐大公如去寻柳公侠报仇已无有阻挡，可以随心任意，沐大公哪得不喜呢（与上希望文正死之意相合）？至于柳公侠方面的消息，更是他报复的绝好机会。原来即在本年的中秋节日，正是柳公侠的六十大庆，由柳公侠的长子剑虹、次子剑侯、孙男侠孙具名，广发请柬，邀请各地亲友给柳公侠在酆都本宅祝寿（即首卷同治三年八月十五日）。沐大公思忖："如在八月十五这天这日赶到柳公侠家中，借拜寿为名，当着柳家的许多亲友的面前，众目所睹之下，将柳公侠打倒了，不但可以复却往日之辱，兼可使他从此见了亲友故旧，即便自惭无能。"

沐大公因公这么一想，所以极其喜悦，于是祖孙二人毫无顾忌地抖擞精神，径向忠州酆都进发。沿途不耽搁，一则怕误了日期，二则怕在路上访会名人走漏消息。柳公侠有了防备，临时避而不见，错过了八月十五日事小，可是纵然会见交手，不能当众使他跌倒丢脸，自己报复在暗中，不在明处，似乎有些不彻底，正好似把肉藏在碗底里吃（项羽所谓锦衣夜行）。因此祖孙二人沿途不再访会名家，亦不告人所往的目的地，径到鄞都县城里，投店住宿。

恰巧这天才八月十三日，离十五还早着两天，祖孙二人在客店里休息了一日，次日更换衣服，在鄞都县城内外各地借着游览闲逛，探访路径，并访问到东城脚下柳公侠家门首前后左右探过道，才偕同回店安息，各在卧铺上调息养神运功，预备明日去拜寿报仇。正是：

养精蓄锐非一日，雪耻复仇在明朝。

究竟沐大公祖孙次日如何去到柳家报复，请待下回续写。

修竹庐主人评曰：

语云："一艺通，百艺通，闻一可以知十，举一足以反三。"沐大公授时雨棍法，语以各艺中势式，虽为明棍为艺中魁首一语之意义，然亦可借以概括一切也。昔人云：此语虽小，可以喻大，足与此相发明焉。

剑法较各艺为难，盖须先习内功、腿功，而后始能及于击刺，不若他艺之着手即习势式也。学剑者不仅须精娴熟练，后始能工，且须养气。如仅学而无养，其剑舞击虽精，然亦不能御大敌，果使遇大敌者，其败可不旋踵，故沐时雨之学剑也，其祖先教以练腿，继以内功，虽未明谕以养气，然其从缓教授，所以耐之者，正不啻暗示以养也。

185

本回以次，多为剑侠之事实，故本回先写沐时雨之学剑，以为之先声。文正之传死耗，特作者为沐大公三世之苦练武艺复仇地耳，故下文复仇之后，好逅文正，其运笔不仅为情节迂回曲折，实亦颇具苦心。

沐大公拟先往遵义、大理，盖有畏于文正而不敢也，看似闲文，大可不必有此迂缓之笔，实则作者系为其前文学成武艺后，迄不报复照应。盖不如此，此则前文迟迟不即报复，实太无谓也，故不得以闲文目之。

沐氏祖孙沿途不再访会名人，其心甚细，然亦系暗写柳公侠之细。

写沐氏三世之刻苦练武，正是暗写柳氏三世之刻苦练武，是为小说之反映法。

第十五回

修旧怨老祖携幼孙拜寿
演情剧和尚与尼姑结婚

诗曰：

> 从来情天最广荒，包容至夥无类方。
>
> 沙门虽然奉五戒，古井重波亦本常。
>
> 况且逃禅原为此，如斯恋爱实可伤。
>
> 寄语悦容诸士女，休不终果乱情场。

话说沐大公、时雨祖孙当日探道后，即回店安息，第二天早膳后，祖孙俩各在身边暗藏兵器，出店上街，往杂货店里买了个朱红纸的封套签条和一张红金帖，烛铺里兑了两对红寿烛，面铺里称了十斤寿面，再往糕团铺里装了两盘寿糕、寿桃，红封套内封了两锭五两重的小银元宝，向铺里借笔，在签条上写了花甲之敬，下面写"沐大公率孙时雨顿首拜贺"，在朱红金帖上开明礼单，上面写着"谨具奉申"，下面亦写好名姓，即请那糕团铺里的伙家将烛面糕桃及封儿一齐用托盘分装着，托着跟随他祖孙二人同往柳家来送礼拜寿（紧接首卷）。

到柳家时，已将届傍午时分（时刻一笔不乱，不仅照应首卷，且为本回早膳后各事照应），照门的（喜庆人家临时所雇之司阍，俗呼照门的）见他主仆来到，即向前迎接，接两位的名刺，好高举着往内报。

恰巧沐大公事前忘了，只得告诉他自己祖孙的姓名，同时那个司鼓的（官场门首，例有司鼓之役，贵官署名为司鼓手，亦名为鼓吏，小官如道台、署外之司鼓者，亦名为鼓隶。"贵如相府之鼓吏，可以打鼓骂曹一剧中之祢衡为证""又清时各衙署门首，辕门内有吹鼓亭，亦可为证"。清时凡有喜庆人家，俗例亦雇一临时报鼓仆役，名为报鼓，因其见客来，即击鼓以通报内宅也）见有贺客来到，也就将报鼓咚咚的敲击价鸣响起来，吹鼓手亦照例闻鼓声即吹打奏起乐来。更有仆役等上前迎接，引导那个充沐家祖孙临时跟班长随（即《水浒传》中之虞候）的糕团铺内伙家前往账房内去收礼、回帖、领赏（百忙中偏有许多闲事，照应周到，一笔不乱。细）。

照门的引领他祖孙两位向内行时，沐大公即悄悄关照那伙家："领了回帖，不必在此受他家招待、吃寿面（一如清时俗例，笔下照应甚细），即刻就走回去。因为这碗寿面不大易吃，倘吃时，不仅须要你胆大，受得起惊吓（一句骇人），还恐事后担受口舌（此语更足吃惊）。"

伙家唯唯答应，沐家祖孙跟着照门的走向第二重门时，那门上司招待责任的人因跟随柳家父子多年，平时目中见着的英雄好汉已多，故此颇有眼光（有其仆必有其主，写仆正是写主），一见沐大公虽已年逾花甲，精神却极矍铄。沐时雨虽然黄瘦得像害童子痨病症的模样，但是那英雄神采奕奕、目光炯炯的威武气象，却暗暗从那腰腿背健、目光闪射中流露出来。因从未见过这两位的面容（是跟随多人之见识），不假思索，即已觉得来者颇有可疑（写其仆精细，正是写其主人精细），遂向前欠身迎接招待，请问姓名。将两位稳住了足步，急转身向内回报（与首卷斗笋）。果见主人闻报惊讶（自信其料不差），遂转身出外伺应招待，说："主人即来奉迎，请二位稍待。"

沐大公见此神情，因知柳公侠对自己并未忘却戒备，深信文正当面劝告的不差，即向时雨暗丢眼色，吩咐见主人行礼时，务必小心在意（话中有刺）。时雨会意，忙应晓得，接着便见剑侯、剑虹出来迎接。

彼此相见行礼时，沐大公祖孙即于暗中施用铁砂手的功夫（照应前文），及至入内拜寿，和柳公侠本人较量之后，祖孙二人从屋上出外，跳在城墙上，健步如飞，绕路回店。换过衣服，再悄悄往那糕团铺门首去，看那伙家可曾回来时，恰巧见那伙家面带红光，脚画十字（妙语，写其醉意），欢喜缓步而回。祖孙见着，知道无事，暗喜："此人颇为大胆。"即上前迎住，谢他的步，问他柳宅情形。

那伙家道："我在账房内送礼领回帖，因被招待着，不好意思回拒，故即在那里叨光寿酒、寿面。还未曾下咽，即已听见柳家的底下人（趣名词，不可思议，按俗称，仆为底下人）说你们两位在里面与寿翁父子先借拜寿斗口，现在正将交手，问我你们两位的底细。我说：'两位是到我们铺里来买东西的主顾（其所以敢安之若定者，恃已有其定见也，细甚），托我随从至此送礼，别事一概不知。'及至两位走后，我又听得柳家的底下人说，寿翁父子孙三代都照常无事，不曾受伤（暗写柳家之素有训练，轻易不向外人言）。"

沐大公听罢，心中暗喜（喜柳公侠父子不自知其伤也）。

沐时雨见伙家空手而回，忍不住笑问道："你送礼去时的托盘呢，怎么不曾带回来（写伙家欢喜之余，忘其所以。妙）？"

伙家见问，方才惊觉，不由暗说一句惭愧，抹了抹嘴（情景逼真，趣甚），也不回答，拨转身来就走。

沐大公祖孙亦转身回店，传唤饭菜，用罢，思量耻辱已雪，仇怨已报，还在此作甚，因即命小二往柜上结账。会钞之后，即于当日下午动身，离了鄞都县境，径向云南本省进发。走到傍晚，来至一处镇市上，才要投店住宿，恰巧劈面遇见一位老人。沐大公一见，不由大惊，暗暗叫声哎呀，无可闪避，只得领着孙儿上前迎住行礼请安。

老人未及回言，一见二人，亦不禁惊讶，说了个"咦"字，即问："你二人从何处来，曾与谁人斗过，怎么竟一齐都受了重伤（奇语惊人，与首卷柳公侠之言相合）？"

二人见说，格外着惊。沐大公不敢隐瞒，只得先向老人请罪，后再据情实告，并请教重伤何处。

原来那老人非别，正是喧传已死的文正老英雄（忽死忽生，奇突不测）。皆因文正做着江湖上的乞丐大王，到处游戏三昧，任侠尚义，因此救援的人固多，但得罪的人亦不少，怨毒怀恨者多方报复，用尽心机，无日不想将这位丐王除却，庶好使他们得能畅所欲为。无如竭尽智能，终不能报得文正的仇怨，反而白损伤了许多性命。但是结果呢，却应了句成语，叫作"愚者千虑，必有一得"，竟有一次被他们仔细打听，知道了文正和汲引贤的交情，遂由一个棍徒前往永州，投身在汲引贤家中去做奴仆，耐性等候文正到来，俟机会下手。

适巧文正从外省游倦回来，到永州原籍省视，顺便访问汲引贤。其时汲引贤因年老身弱，时常患病，步履不便，见文正到来，欢喜款接，留文正在家居住，对酌旨酒，畅叙阔别，那棍徒即乘此机会在酒菜内下了蒙汗药。文正因在汲家，做梦也想不到会有人暗算，故此毫不留防，遂着了道儿。汲引贤同时亦被药力麻倒，不省人事。他家中男女人等慌忙之下，不知二人病源，乱了主意，遂由那棍徒自告奋勇，讨差使送文正回去。汲家的人当然毫不觉察，即命他套车送去。那棍徒将文正推至半途，即与预先约会的同党会见，一齐动手，在路旁掘了陷坑，将文正掷入坑内，推土活埋。棍徒等目的已达，哪还再回汲家去复命呢？因此江湖上互相传述，都说文正已死。

哪知文正中药不多，当被推入坑活埋时，药性已经减退，等到棍徒等走后时，文正已是醒来。因觉得气窒，张目不能易物，嗅着土腥气，手捏着泥土，方知被人算计，遂闭气运足功力，将身向上一挺，棍徒等原未将泥土埋得结实，本系浮松着的，被他一挺，即已凸起散在坑外四面地上。文正再挺身时，已能昂首直立在坑内、露首在泥外了，便提劲向上一提，即已跃出坑外。心中虽然发恨，但明知汲引贤绝非陷害自己之人，一时无有头绪，即刻悄悄回家，派人往汲家打听，才知汲引贤因年老力衰，身弱多病，中药过多，即因而致死。那护送自己的仆人并未回去。

文正得报，随即亲自化装，出外访查，才知底蕴。因此想着，本人结怨太多，料想要寻自己报复的绝不止一个棍徒，遂回家关照家中，不许泄露，索兴以讹就错地承认本人已死，一面即从此改容易服，换了装束，不再做那乞丐的打扮，易名换姓，出外将那班主谋害自己的棍徒悄悄一齐杀了，报了杀汲引贤及害己之仇。由此后，仍旧游行四方，行侠作义，只不过到处都不访会旧友，行事亦绝对不用其姓名外号，所以外间绝无人知其究竟生死。

此时会见沐大公祖孙，沐大公自己请安后，并命时雨也请过安，申述原委，请老前辈恕罪。

文正并不责怪，反因时雨年幼，有此孝行，心中爱悦，当即先指着二人道："你两人身受重伤，为何竟丝毫不察？此处非谈话之所，你二人既未投宿店，可同到我下处里去同宿。"于此反身先行，率引二人同到自己所住的下处里。来到上房内，沐家祖孙放下包袱，重向文老前辈行礼请安，请求明示伤痕。

文正掀髯笑道（沐大公掀髯对孙，文正掀髯对二人，前后互相辉映）："你二人都已被柳公侠的弹力反震，受了重伤，伤在你们二人的内脏。如非识才，一时焉能识得出？即你们自己，此时亦尚未觉得呢！不过等到你们觉得时再医治，那时可就难治了。你二人今日得能在此巧遇着我，真是前此缘法，再巧也没有。我说这话，你二人休错愕（一句暗写，二人面现狐疑之色），不信时，可向那玻璃镜内照看，色容上的败色便知内脏已伤；再不然，你二人只要自己用手指轻弹胸膈腹部，便能觉着内部震荡微痛。你们可别轻视这微痛，将来发作时，可就从微变剧，救治不及了。"

二人大惊，慌忙拜服叩谢。文正问二人随身带有伤药不曾，二人回说有，起来即打开包袱，取出伤药来，唤小二进来，去要了两壶上好的陈酒，烫热了和药吞服下去，不敢进晚饭，即向文正告罪先睡了，蒙头盖被取汗。

次日早起，果然胸部青肿，伤已发到外面，疼痛异常，都睡着不能动弹，休说起床。幸亏文正照应着，给二人调敷了伤药，又命二人用酒吞服了药，吩咐二人勉强起来行走，活动血脉，然后再睡，再服再敷。休息了两天，伤势才稍减退（写得可骇，才知柳公侠前文所言不妄夸）。

又过了两天，二人才渐能照常。文正仍令二人小心，并劝令二人以后休再寻柳公侠报仇，以免冤家久结不散，并说自己生平只收过董福通一个徒弟，以后绝未收过。因不是非福慧双全，即是无有学剑术的缘法（"缘法"二字是本书大章法），看时雨与自己颇有缘法，又有根基，颇想收为门徒，问沐大公意下如何。

沐大公尚未回答，沐时雨已喜出望外，不待祖父开口，即已欢喜叩拜，尊称："师父在上，弟子叩头（专心进取，是好徒弟）。"沐大

192

公亦即跟着叩谢文老前辈提携栽培的恩典。

当日三人在客店内饮酒欢叙，言明从此沐时雨即跟随文正回去学剑法，沐大公即独自一人回家。于是次日，三人即结算店账动身，在街头上分袂（以上按下沐大公等一边，以下接叙文人瑞等一边）。

话分两头，却说当日（同治三年重阳节日），柳公侠三世四众乘马出城，同往老成花圃内去拜会那位高僧悟空上人，马行甚速，不多时已来到金盘山下花圃门外。柳剑侠抢先下马，控住自己的坐骑及他父亲所乘的马缰。柳公侠下马时，剑虹父子也各已下马，大家同时各在树上系好缰绳，即由剑虹上前敲门。里门有人应声来了，即听得脚步声响，自远而近，边开门边问是谁，那声音正是老成。

剑虹回称："成大哥，是我们一家子。"

老成呀地将门拨开，口中正说着："柳大哥为何去而复返？"门已大开，看见了柳公侠，忙向着柳公侠行礼请安，笑说："不知老前辈驾到，恕未远迎，请至里面坐地（小说书中写请坐，类均用"坐地"两字，盖本于古时席地而坐）。"

说着，即将四位向内让，并高呼："赵大，速来将四位的马牵到花圃院墙门里树上去拴好，免被那些过天星（江湖术语称过路贼名过天星）顺手牵羊牵了去（趣语，然亦见其心细）。"

即见（四人见也）一个园丁模样的汉子（老成自为园丁，而另雇园丁，可知其身份）叫应着是字，抢步走将来，向柳剑虹、剑侯二人先叫了声大爷、二爷，即去树上解系好的马，分两次牵向花圃内，拴系好了。同时柳氏四人已由老成让着，请到里面屋内去。

赵大系马毕，闩好了门，即赶紧到里面来给宾主五位倒茶，奉敬旱烟管和水烟袋（笔下照应时代之社会情形，一笔不乱），立在屋檐下，伺应听差（写其仆，正是写老成）。

柳公侠等被让到客堂里，分宾主落座。侠孙当着长辈不敢就坐，只侍立在祖父面前。老成让他坐，柳公侠谦逊了两句，说："当着长辈，哪有小孩子的座位，岂可放肆？"

老成谦逊再让，柳公侠才命孙儿告罪去剑侯之下椅子上侧身坐了半个屁股（此一节虽为闲文，然亦系作者特笔为昔时写生也）。

老成含笑请问柳公侠："老前辈等四位驾临寒舍，真足使蓬荜生辉，不知老前辈到此可有何见教吗？"

柳公侠微笑道："小儿等常蒙厚赐，迄未报答，愚父子实深自疚。今日又蒙惠赠菊花，更使老朽等感愧，故此率领小儿等一同到府面谢（先说虚文），顺便赏览菊花（应景之言，亦不可少）。"

老成笑谢道："老前辈言重，更使晚辈惭愧无似，区区微物，何足云赠？老前辈之言，愚晚实不敢当。"

柳公侠又道："老朽等到府，除去拜谢历来厚惠，及观赏菊花之外，另有一事奉询。"

老成道："不知老前辈有何事下问？"

柳公侠道："闻得小儿等陈说，你老兄有一位方外契友，法名唤作悟空。适才小儿等从府上持菊回家，在半途曾遇见令友悟空高僧。据这位大和尚说，是往府上来赏菊，故此老朽率小儿、小孙等偕行到府，意欲专诚拜会令友。并请你老哥向令友为老朽先容，述老朽的仰慕诚意，不知此刻令友尚在府上否？"

老成笑道："原来老前辈惠然肯来，系为的欲会晤晚辈的方外之友悟空和尚，他才从寒舍取得两本龙爪黄菊回他住锡的茅庵内去栽植。老前辈四位如来早一步，正好在此会着（妙在有顿挫，不即见着）。"

柳公侠道："不知这位大和尚的宝刹在本地何处，离此多远，庙名叫作什么？"

老成道："悟空和尚乃系从外方云游到此，因爱本地的山势巍峨，气候温和，遂在寒舍花圃后面金盘山脚下，依山傍水，顺着山势，结草为庐，做了他修行诵经的所在，在草庐外面，四周打起竹篱笆来。当时曾问过晚辈，这草庵该起何名，愚晚大胆，信口给他取名小雷音寺（雷音寺为如来修行之所，老成为取此名，是殆以文人瑞为如来流亚也，其视文之高可知）。现在他才从这里回去，大约还在寺内，不至他出。如老前辈此刻有兴前往时，愚晚可以奉陪同往。”

柳公侠一家大喜，遂即起身奉恳老成引导，同往小雷音寺拜访悟空和尚。

老成应允起身，即让着四人，出屋向后，开花圃的后院门出去，命赵大关好了门，从小径穿过一所人家的故院松柏林丛，指着前面对柳公侠道："那山脚下溪水边新围的竹篱笆院子内即是悟空和尚参禅悟道、诵经修行的住锡所在。"

柳公侠等抬头顺着手势向苍翠巍峨、氤氲笼罩的金盘山下望去，果见有一所新围的竹篱院落。那院落乃系将种植的绿竹枝头互相编排而成的篱笆围墙，气象清幽，别有一种天然的景色（未写人，先写其居处，写其居，正是写其人）。看将去，那地方离面前很近，约莫不到半里路，遂即随从着老成从畎亩径畔狭路上径向那竹院门首走去，一会儿见已是来到。院门正虚掩着，老成当先引导，推门进内，恰好有个小沙弥执锄低头在院内空地上种菜，见有人来，抬头看见老成，放下锄头，迎着老成合十问讯，说："家师才回，正在里面诵经（不待问而先说，是省笔），容去通报。"

老成道："小师父，你请有事，此处我是常来的，可以不必通报。"

小沙弥应声是，即仍去执锄种菜。老成引着柳氏三代径往里面，走过了前进供奉悬挂佛像的正屋（非大雄宝殿及佛堂也，然实即是殿与堂也，且其庄严过之，何则以其胜常也），来至后进天井里，听得里面敲着

195

清馨红鱼的声响，和悟空和尚唪经的声音，一眼见那屋檐下面放着两本黄菊（猜其种植，尚未种也）。柳公侠听得里面念经的声音，很觉耳熟，心中不由一愕，随着老成一同走进后进屋内，正见悟空面内背外、跪在正中悬挂大士像的供案前诵经。五人守他将经卷念完，才敢走进前去。

悟空行礼和南罢，起身回转来招待众人。柳公侠见悟空转过身躯，看见面容，不由讶异，咦了一声道："我道是谁，原来却是你老人家，真正梦想不到（读者猜，此悟空和尚是谁）。柳某早知仙踪在此时，早就应该略尽地主之谊，殷勤款接，叩请道安了。目今请安来迟，尚望当面恕罪。"

说着，躬身拱手，正待屈膝拜将下去，早被悟空抢步向前扯住道："老友重逢，真乃幸会。本来客未拜主，主岂能知呢？贫衲因忘却居士府居在此，故未到府奉访，反蒙居士先施，老衲实深不安，还请老友勿怪。"

说着，即对老成道："成居士，原来你和柳老英雄亦是相识，真非意料所及。"

遂又对柳剑虹兄弟道："二位莫非是柳老……"

话未说完，柳公侠已接口道："他二人乃是长、次两小儿。"又指着侠孙道："这是小孙。"

说着，即命三人向和尚叩头。三人依言同时跪倒，向悟空行礼请安。悟空连忙还礼请起，一见侠孙，想起适才在平都山见着侠孙及李文荣兄弟的事，不由笑对柳公侠道："原来两位是公郎，一位是文孙，真乃将门之子，名下无虚。他三人的才能贫衲都已见过了，只怪当初不曾问两位公郎，亦不曾想起老居士来。如果早知，早就应该到府拜候了，尚望老居士勿怪。"

说罢，让五人就坐，又笑道："柳老居士真是年华逝水，你我别来许久，不觉已都由壮而老了。回首当年，真如梦境。"

柳公侠等谦逊就坐，一面柳公侠回说："正是呢！"

边又请问大和尚是几时出家悟禅，在何处宝刹出的家，几时云游到此。

悟空见问，即喟然应道："柳老居士，你我旧雨重逢，实不胜今昔沧桑之感呢！"说着，即将他自己何时出家，及云游到此的因果说将出来。

看官，你道悟空和尚是谁？原来就是上文柳公侠从老马家中逃师后，在邴氏家庙里会见的那位拳师文人瑞（忽提此人，天惊石破）。

文人瑞是当世的大英雄，怎么会出家呢？真是说来话长。原本文人瑞，字嘉祥，祖籍系安徽合肥人氏。当他父亲时代，因从军有功，被调任到贵州省定番州来做总兵，因离家乡路远，往返不便，故此携带家眷赴任，文人瑞即系在总兵任上时所生。不料为时未久，贵州省内山夷忽然联合作乱，文人瑞的父亲奉云贵总督的军令，委充为招讨使，率兵征剿宣抚山夷，苦战经旬，连获大胜。不幸因在交锋时，文总兵身中生番的竹箭两支。那生番的竹箭原系于山间射捉猛兽的，箭头上均有毒药，因此文总兵于中箭受伤后，当夜即死在军营内。总督据报，只得另调别人接替，一面将文总兵尸首运回，奏请朝廷，从优议恤，蒙恩旨赐文总兵加将军职衔，并赏治丧费一千元，赏俸十年，照将军阵亡例殡葬。

文人瑞的母亲因合肥故乡亦无什么亲族，遂决计留寓在定番州，守儿子长大后再行扶柩回籍安葬，故此权将文总兵的灵柩暂厝在定番州城内昭通寺内舍里，家亦从总兵署内迁在昭通寺附近的巷内，以让新官家眷，并可就近不时照应灵柩。文人瑞自幼即喜好武事，练拳踢腿，拈枪使棒，一如他父亲往日的生平，因此常招惹起他母亲的伤感。从来忧能伤人，文母因不时伤感，抑郁寡欢，遂致积忧成病，病竟不起，即于文人瑞十一岁时染病身亡，丢下文人瑞一个年未成丁的孤哀子来。幸赖文总兵旧日的同寅僚属等闻讯到来，帮同料理治丧，即将文母灵柩亦暂厝在昭通寺内，并和昭通寺方丈慧业商量，将文人瑞寄名做他的徒弟，即日起亦移居在寺内，将文家所居的房屋退了租，并将所有的男女奴仆一齐给资解散了，只留下一名久雇在文总兵家、年逾半百的老仆合肥人梅孝在寺内照应文人瑞，备将来文人瑞长成后，伴同扶柩回籍。所有文家在定番州置的产业全交给昭通寺方丈慧业代为管理。文人瑞在寺内住着，依然不时跳跃，舞枪棒，练拳足，绝未稍改他平时的顽皮习惯，接连多日，都被慧业看见了，不由打动了他的旧好。

本来慧业三十年前未出家时，原系著名剑侠，本领出众，武艺超群，在他家乡广西省内做独脚大盗，所犯的杀人越货重案也不知有了多少。两广总督闻知其名，知道不是寻常的捕快所能捕捉，且又打听着他所劫杀的人家都非什么忠孝节义人士，颇闻他有侠盗的名望，因此动了怜才之念，决计设法招抚，法外施仁。经过了许多时日手续，设法给慧业开脱罪名，务期他悔过自新，为公家效死。果然总督的恩威感动了慧业，亲到广州总督衙门请罪，蒙恩宽宥，即令在总督衙门当差，立功自赎，专司捕盗职务。后来总督奉旨进京，内调任用，欲将慧业携带进京，慧业因在绿林中、江湖上都已混过多时，对于个中经历深多感慨。自从到总督署内当差后，耳闻目见，格外感觉得人情世态，荆棘崎岖，因此颇多消极之念，久拟逃入空门，悟禅参道、忏悔罪恶，只为总督的德惠未报，不好意思就上辞呈。此时见总督奉旨内调，欲携带自己同去，遂即乘机婉谢，申述己意，并求恩准辞职。总督见他辞意已决，慰留不得，只得照准所请，但为本身及全家的生命财产、沿途安全起见，特意商请慧业护送到京。

慧业道:"大人即不说要小的护送,小的亦要自己请缨,略尽报答愚忱的,何况大人吩咐呢?那是自然跟随同去的。"

总督大喜,随即带着全家人口,及一切财物等件,命慧业沿途保护,一同进京。果然一路遇着盗匪都被慧业击退,得获平安。

抵京以后,慧业即便告辞总督,动身南下。在中途即祝发出家,恰值五台山文殊禅院布告远近,立坛放戒,慧业即亲往五台山去求戒,得到度疏、法牒、袈裟、云鞋、钵盂、毗卢帽等之后,即从五台山动身南行,一路云游。到得定番州,在昭通寺挂单。

恰巧昭通寺的方丈在前亦系绿林出身,曾信奉过白莲教,精通各种法术,因忏悔罪恶,才立誓受戒,出家为僧,法名闲云,与慧业的来历正同。又兼旧时在绿林时系相识,故此这时相见,十分投契,将慧业留居不放。慧业云游,原无定向,见他诚意相留,遂亦欣然久居,彼此终日谈禅学佛,练武论剑,研究法术,不到两年,那方丈染病圆寂了。尸解之后,全寺僧众因平时仰佩慧业的文才武艺、禅理道行,故此公推慧业为方丈。至于那方丈的徒弟合该继任为方丈的,却自愿放弃。

慧业被众推举,辞谢不获,始允担任方丈。哪知即于他继任方丈后未久,昭通寺即发生了一件和尚与尼姑结婚,成为夫妻的情史趣事,轰动了定番州全城,几乎酿成人命(虚点一笔,应题)。正是:

婚姻礼教不良处,足生悲剧在情场。

究竟和尚怎么能与尼姑结婚,几乎酿成人命,请待下回再写。

修竹庐主人评曰:
作者于初集书中即已申明上半,借沐、柳二人为线索,

199

下半借沐时雨、柳侠孙及李文荣兄弟等为枢纽，故本回即由沐时雨而及文正，由柳侠孙而及文人瑞、慧业等。

写文人瑞，先写慧业，盖为推本穷源也，虽然，写慧业者正系写文人瑞也，明眼人当能知之。

自首卷第三回柳公侠等访悟空后，读者亟欲知悟空之为人矣。直至本回始行交代，始知悟空即系文人瑞。读者至此，当无不为之精神一振，何则？盖读上文文人瑞传柳公侠武艺等事，已知其能也。既知其能，则斯人既于本回写入其正传，当然有许多热闹情节，足资渲染，盖已逆料有许多热闹事实看也。

第十六回

有愿莫偿一对可怜虫
古井不波无计奈何天

诗曰:

情场变化忒煞奇,是喜是悲局中知。
若非剑侠施法力,那得爱人成伉俪。

话说慧业继任方丈之后,一切萧规曹随,各事都悉依闲云时遗规办理,绝少更张(非不欲更张,因无所可更张也,此非闲文,盖写闲云之为人及其规矩好)。哪知为时未久,昭通寺内忽然发生了一件僧、尼私奔的情场怪案,清净佛地,忽变作了好合欢会场所。当时曾因此事轰动了定番州全邑。那僧、尼一对儿光头夫妻几乎为此送却性命,如非慧业施展法术暗里帮忙,焉能得成伉俪?至今,此事还佳话流传在定番州人的口中,犹觉余兴未已呢(用特笔总提一句,振起以下热闹情节)。

看官们,提起此事,固系情场中香艳哀感悲欢的喜剧(剧名奇特),但却要怪到旧家庭婚姻制度的不良,才发生出这种欢喜悲哀的怪现象来(忽与读者说话,匪夷所思)。

原因定番州城内有一绅富人家，姓东方名复旦，本人以两榜出身，曾任过一任道台、两任知县，故此家道极其富有（富有而于一任道台两任知县之下，加一"故"字，是冷警笔法），现在致仕在家。夫人邹氏已故，只遗有一女，芳名珏英，生得如花似玉，艳丽娴雅，时正年华双十。如夫人费氏现年才三十六岁，生有一子，尚在髫龄，名唤琼林（姊珏弟琼，东方宗谱想系玉字排行欤）。

　　东方复旦有个异母妹，嫁于本城在州衙当刑名师爷的西门凤起为室（东方氏嫁于西门为妻，姓氏巧合辉映），那西门凤起虽当着刑名师爷，但并非是当幕僚的出身，在前原系个久考未中式的落第秀才，所以颇有些书毒头气味（不曰书卷气，而曰书毒头，盖明言其非真能读书者也，何则真读书者必不至为书毒头也？或问"书毒头"三字何解？予曰："书毒头，即书呆子。"）？夫妻俩伉俪情深，爱好颇笃，生有两子，长子名小凤，字伯禽，生性倜傥温文，潇洒风流，人品俊逸，言谈雅驯，远非乃父可及。读书虽极聪明，只可恨亦与乃父一样，屡试不第，潦倒场屋，竟与功名无缘。既已年届三七，尚未聘娶。次子名唤绍凤，年才九岁，因年幼，故未取字。西门小凤虽然未曾博取功名，但系才貌双绝，在侪辈中实可称为鸡群一鹤，故此颇为人所敬爱嫉视（四字写尽世人心理，此四字非深知世故者绝不能言）。平时因离舅家不远，故此常到东方复旦家中来，往年当邹氏舅母在日，小凤幼慧貌美，玲珑活泼，极蒙邹氏爱悦，每次随其母东方氏往舅家时，邹氏多有赐赠。小凤与珏英表妹青梅竹马，耳鬓厮磨，两小无猜，极相爱好，有时逗着玩笑，有时问书识字，有时共食，有时同游，习以为常。两人当时虽都在幼小，情窦未开，但每次同玩共食时，相亲相爱，辄油然不自觉地生一种天然的情感（此非深知儿童之恋爱心理者不能言）。

　　后来邹氏病故，东方氏因与费氏庶嫂堂姑间感情平常，故此遂不大回到娘家来，但是小凤却因要与表妹同游，并研讨书字，却依旧不时地往东方复旦家来，这是已往的话。后来表兄妹年华渐已长成，人事亦渐已了解，不期而然地两下都生了爱慕之心，往日见面时有谈有笑的，到此知识渐开时，反而见了面有许多体己的话要说不出口，竟致涨红了脸皮，彼此含情脉脉地四目对射，默默无言（妙在写得有层次，诚非知者不能言，作者其精于恋爱学者欤？何其能传神阿堵也），这亦是以往的事。

　　及至东方复旦致仕回家后，西门小凤虽亦常到舅家，怎奈因年已长成，须得避男女间的嫌疑，又因东方复旦回来，将内外隔绝了，凡亲族外客，除女宾外，非请不得擅入内室，因此表兄妹遂难得相见。即能见着，亦都碍着别人，不能复似以前得能言笑自由，反觉得面颊上各都热辣辣的，心房里突突乱跳（其非深知恋爱心理者所能言），即偶然无人在旁时，亦觉害羞说不大出，最多只各问得一句好，即已停口嗫嚅着说不出来（男女情势时，害羞情形写来，入木三分），故此二人亦见如不见。但有一层，常言"二十望妻"，西门小凤其时年已二十有一，家非过分凡素，哪有不希望早得如花美眷、一双两好之理？从来名士爱美人，佳人爱才子，西门小凤既生得美如冠玉、才重鸡林，东方珏英亦生得貌比姮娥，学等咏絮，彼此在平时虽未明言，但已不啻暗以未婚的夫妻自居。故此二人心中颇希望能得到各人的父母同意，早日得遂桃夭之愿。哪知好事多磨，二人的心事未曾出口，婚姻前途已生有变化。皆因东方复旦已于背地里得到费氏如君的报告，知道女儿颇有心意从小凤甥男之意，费氏劝丈夫早日做主，将小姐出阁别家，免得变生闺中，贻羞门楣。

　　东方复旦得知后，不由大怒，遂请同年好友孟伯先作伐，将珏英许字给贵州巡抚米占元的公子为妻。

那米公子本系东方复旦的门生，往日曾到定番州东方家中来拜过东方复旦的生日，故此东方复旦家中上下人等都曾见过。大家都知道他的面容生得黧黑，满脸都是麻子，又兼身材五短，小辫子，近视眼（其貌不扬）。

这话被珏英知道了，大失所望，即于费氏及仆妇、丫头等恭喜她的笑声中流下泪来，好半晌才能勉强忍住了哭泣，回转自己房内，才敢蒙头卧在被内低声饮泣（曾研究哭之伤心者为泣，泣之最苦者为饮泣），竟将两眼哭得红肿，像胡桃般大小，泪湿透了被头丝帕袖口，才被贴身的丫头知道，将她从被中拖起，力劝慰解，才止住了眼泪。从从此后，珏英即郁郁不乐，哭笑无常，饮食不定，言语无次，形同癫痫。费氏虽然知道，却假作不知，反在丈夫面前说小姐是故意装模做样，想借此吓吓上人，好将她改嫁西门小凤，遂心如意，怂恿丈夫休为小姐的诡计愚弄。

东方复旦因此格外大怒，反当面严责女儿，不该如此做作。珏英被责后，心中痛苦万分，思前想后，觉得婚姻关系到毕生幸福，如今所嫁非人，既不能享自由，不如祝发为尼，谋修来世，免得嫁到米家后，终日以泪洗面，觉得反为此胜于彼。珏英独处深闺，思想停当后，即悄悄低泣了一会儿，在房内妆台上修写了两封信，一封是写给她父亲的禀函，声述自己志愿，不愿嫁米家伧夫，因不能由己做主，所以才背父潜往尼庵，削发出家，以修来世。对于养育之恩，只得在佛前祈祷，求菩萨默佑，并待来世补报。一封是写给他表兄西门小凤告别的，明白劝他不要因自己耽误终身，从早另择佳偶。信写好封了口，即悄悄将自己的首饰、衣服及体己银钱打成了两个包袱，放在床上帐内，守随身的心腹丫头来时，命她将写给表兄的信即刻悄悄送去，面交小凤少爷。丫头领命，接信即便悄往西门凤起家去。

珏英守丫头走开，面前无别人，即将头发剪下，丢在妆台上，和留禀父亲的信放在一起，提了包袱，用手握住短发，出房往后，从后面开边门出去。早被一个仆妇看见，请问小姐何往。

珏英正色道："要你多问？你只要关上门便是。"

仆妇吓得不敢再说（与孙夫人喝退追兵一样神情），直待小姐走出去了，她才急急去通报费氏。费氏本与小姐面和心不和，听说她走了，心中反而快活，像没事人一样儿，毫不着急，只说："快去追赶，务将小姐赶回，免生意外。"一面急命家人往外面去将老爷请回来，告知其事，请他做主。

珏英出门后，知道必有人来追，因即飞速行走，跑到她母亲邹氏在日，常往焚香的白衣庵内去，见那住持老尼慧修，哭求收为徒弟，愿将所带衣物完全变卖现金，捐入庵内。慧修师太素与邹氏交好，往日最喜爱珏英。当时邹氏因欲求女儿易长易大、少生灾难，曾将珏英寄名在慧修名下，此刻不过系从假拟成为真正，相差一间罢了。

慧修当时本不敢就收官宦人家的千金小姐为徒，因先前本已寄过名（一层），珏英已先在家中将头发剪去（二层），又携带了这么许多贵重首饰（三层，上两句是宾，此句方是主，盖慧修之意在此也），逆料纵收她为徒，亦没甚要紧。因为系她自愿，并非自己引诱勾结（写其心思，如见肺肝）。慧修既已想定，遂即慨然应诺，当即在白衣大士座前点烛焚香，亲给珏英诵经，传戒剃度，召集全庵的尼姑、师姑、道婆等人到来，与珏英彼此行过相见礼，即日代珏英取了法名，更换了法衣僧鞋，收拾住房，给她做起居之所，点收了她的衣饰等件，命珏英亲笔写好在缘簿上（恶极，主意在此），从此随班念经。虽然如此，慧修为防后患起见，深恐被东方复旦追究起来，将来弄巧成拙，变作为小失大，故此却悄悄更换衣服，亲自到东方府

205

上来请见老爷，回禀其事。推说："小姐来时，不曾说明来历，但请剃度，老尼自己不在庵内，由道婆等擅自做主，胡乱给小姐剃发更衣。及至老尼回庵，问明来历时，无奈木已成舟了。老尼责怪道婆们不该大胆擅专，特地亲自到府求恕，并请示该如何办法（鬼祟心思，患得患失，写来如画）。"

东方复旦正才从外面回来，大发雷霆，怒而且急。因为米占元正届任满，奉旨调任江西巡抚，因恐将来路远，迎娶不便，故此正请媒人来通知女家，择定日期，先为公子完姻。东方复旦才在馆驿内和大媒面洽喜期，应允亲送小姐到省结婚，却不料接家中来请，说有紧急事。匆匆回来，才知女儿剪发逃走，留函及头发都已看见，正气得发昏章第十一，急得发恨章第十三（趣语，用篇名次序，绝倒）。人走了事小，米家要娶人，事却大了。听慧修回禀发已剃光，衣已更换，不由急得跺足，连说浑蛋，喝令拿片子将慧修送到州衙去重办，骇得慧修跪地求情，说："老尼事前不知，事后已来不及。老爷送老尼到官，这是小姐自愿，与小庵本无涉，还请老爷息怒三思，原情恕罪。如果府上要人，老爷只要将小姐接回来就是了。送官究办，并非老尼挺撞老爷，如送官理问，这是府上家务，使小姐抛头露面，反与府上声誉有碍（软中带硬，尼亦善于说辞）。"

东方复旦闻言自思："尼姑的话亦颇有理，此事如被米家知道，反有许多不美。即将女儿接回，但头发不是马上就可以生长得出的，这岂非是件难事？如说染病身死，已许字人家，是人家的人了，要验看尸首，或竟要运柩回去安葬，更是不妙。"思想无计，只急得挠腮搔耳，忙命家人去请幕宾计策全来商量（好个名字，确系幕宾名也）。

计策全被邀到来，问明情形后，各一沉吟，即请问东翁，米家曾否见过小姐的芳容。

东方复旦回说："不曾。"

206

计策全点头又问："府上可有美丽的大丫头能充得小姐年貌的吗？"

东方复旦陡然省悟道："有，先生此言，莫非要用以李代桃之计吗（婢代小姐嫁，婢之福然，亦是婢之不幸也）？"

计策全低声回道："东翁休急，门下正是想用此计。现在东翁急亦无用，只有此法才可两全。"

东方复旦想了想，除此实无良策，因即谢了门客，嘱他不可向外人言及，应许将来重酬，并严词责成慧修，命她回庵，好生严密监守小姐，倘有疏忽，唯白衣庵是问（真是做官的打官话）。慧修吓得不敢再多话，只诺诺连声，合十告辞，退出公馆，回转庵内。

后来不多时，东方复旦忽然着人来唤慧修。慧修奉召前去，乃系东方复旦与费氏商定计策，着令慧修将珏英下毒害死，许以事毕后，定必重酬。

慧修领命回庵，哪知到得白衣庵时，庵内众姑子及道婆等人正在慌慌张张地像失头苍蝇般东西四下里乱撞（趣语），见当家师回来了，齐问师太，在路上曾撞见东方小姐吗（此一问，足令读者眉飞色舞，尤足令慧修大惊失色）？

慧修进门，见了情形，即料知已有何事故（不愧名慧），见问，不由震惊丧胆，正如兜头浇了一勺冷水，又好似晴天暴起了一声霹雳，急得跺脚骂道："你们管的什么事（当答之曰诵经拜佛，了却尘缘，不知其他，哈哈），怎么样了（问得惊见乎词），难道她不见了吗（岂敢一笑）？你们好糊涂，怎么反来问我（愁人说与愁人道）？正是：

尴尬偏逢尴尬事，多情又值多情人。

毕竟东方珏英怎么会从白衣庵中不见，请待下回再写。

207

修竹庐主人评曰：

多情种子，偏不能成多情眷属，斯诚天地间最大缺陷事。人生遭逢此境，鲜有不为之悲哀者，固不仅书中之一对儿可怜虫已也。

古井不波，喻此心已死，东方珏英之身入空门，非真欲为古井之不波也，不得已耳，故书之曰无可奈何天。呜呼！人生于世，能有几人不日处于无可奈何天中哉？吾为书中人悲，尤不仅为书中人悲已。

天下人之有愿莫偿者多矣，唯其最伤心者，当以情场之不能如愿以偿为首擘，故君子慎用情。

东方珏英之逃禅，纯为婚姻问题，吾于此生感焉。我国之旧时婚姻制度，类多纯由家长做主，而不征求当事人之意见，往往因是遂至大错铸成，断送当事人之毕生幸福，夫妇无爱情之可言，怨偶相处，岂能终老？于是乎萧墙之变作矣，谁为厉阶，至于此极耶？嗟嗟！

昔之婚制，非尽不良，不过习惯使之成疵谬耳，平心以论，父母爱子女之心，无所不用其极，故为子女择偶也，类皆详细探访，然后始为之订婚，较诸仅由青年男女自由结合者，实稍佳良，以故昔日夫妇间离婚，百不一见。而今日伉俪间之离婚讼案，各级法院几乎无日无之也，唯冀世人折中新旧而取其良者行之也可。

私订终身后花园，此为旧时小说中习见之应有文章，由是可知，天地间之最难遏制之者，唯此男女之爱情而已。《西厢记》云："才子佳人信有之。"诚确论也。

读本回吾最不满于珏英、小凤者，厥为二人既有婚嫁之意，胡不各自向其父母直陈衷曲是也。珏英弱女子，又处于庶母卵翼之下，羞人答答，情尚可原。若夫小凤，则殊不可恕，设不遇多情之慧业禅师者，行且见终身抱恨，为名教之罪人矣。故吾观于小凤之素行，或亦入空门，最为不取。

第十七回

小姐逃禅婢代主嫁
老僧留客妹即兄谋

诗曰：

> 空门艳史自古传，尘缘未了古井波。
> 多情最是弥勒佛，见人罔不笑呵呵。

又：

> 看是多情实忘情，弥勒笑容见道心。
> 可恨一班逃禅者，秽事彰闻传至今。
> 口宣佛号手合十，腹中何尝有卷经。
> 此辈沙门害群马，不除焉得释昌明。

话说原来在上次珏英逃到白衣庵出家后，慧修往东方复旦家中报信。本来她的意思，一则是想免去本身责任，二则想见好东方复旦（一切师太之对付施主手段，皆可作如是观）。不料讨好不着，反被东方复旦打了许多官话（复叙前文一遍，名曰话又说回来，此小说通例也），直吓得她诺诺连声，不敢再多说话，即便告别回庵，不敢将情形告知珏英，只暗令小尼、道婆等暗中监视珏英，一则防她逃走；二则防她悲怨自尽。

东方复旦打发慧修走后，即到费氏房中，与费氏计议，将她房中的贴身心腹的丫头美云认为义女，冒充小姐，嫁与米公子。费氏正因此事心中不安（写费氏妒忌之至）。

原来美云生得极其美丽，年亦正届双十，亦颇识得几个字，往年本是邹氏大太太房中的丫头。邹氏死后，东方复旦本想将美云收房做二姨太，叵耐费氏哭闹反对，寻死觅活地不肯，只肯自己扶正，不许美云补自己的缺，生恐老爷暗中摸索，将来放马后炮来不及，故此特将美云调到自己房中来服侍自己，明宠暗妒，从严监视。

东方复旦虽系个偷嘴的狸猫，但因费氏防闲谨严，慑于阃威，竟不敢下手（妙语趣甚）。因为只看得见吃不着（趣语），所以当时计策全说出计后，当即想着："不如慷慨（无可奈何，慷慨可悯）将美云认为小姐，嫁与米公子。"所以与费氏商量时，费氏正如拔去眼中钉，不假思索地立即应允了。遂将美云唤过来，说明原因，问她本人意思如何。

美云思忖："在此坐樊笼，得此机会，正是笼鸟得放。虽然米公子貌丑，但以自己做丫头的身份，得能充小姐，嫁公子做正室，亦不可谓非造化。"遂即含羞答应，当于房中拜认了父母。

即由费氏传命内外男女下人，不许泄露消息，从此改口，尊称美云为珏英小姐，并亲自教美云礼仪，学习熟悉，免到米家去露出破绽。一面东方复旦去与媒人计议，择日亲自护送女儿省府，与米公子完姻。

事毕回来后，东方复旦思量："珏英在白衣庵，将来难免消息传布，想狠心辣手，决计断送珏英的性命。"与费氏商量定了计策，暗令人到白衣庵去将慧修唤来，授她毒药一包，命她回去照计行事（读至此，为珏英捏一把汗）。

慧修尚未出府，珏英已在庵中得了消息。等到慧修回庵时，珏英已经鸿飞冥冥了（然则弋人何慕耶？一笑）。

原来珏英的贴身大丫头和珏英平时的情感极好，自从那天送信回来，得知小姐出家后，心中十分郁悒哀苦，常常偷空闲跑到白衣庵去探望小姐，并偷送些食物银钱去（是义婢），并不时留心主人对付小姐的计划。当东方复旦回家与费氏商量计策时，恰巧被她掩在窗外听见了，心中大惊，赶速从后门出去，跑到白衣庵去告知小姐，力劝小姐速走。

珏英于惊急悲苦忙迫中，反而不知哀哭，竟毫无主见，立即跟随那丫头匆匆从庵中出来。道婆虽有看见，但疑心珏英是送丫头出去，这本系常见之事，故此毫不疑防，哪知珏英即于这不防备时逃跑了呢？等到不见珏英回进来，才疑心，忙到门外看时，已失踪迹。寻唤访问时，早已不知去向了。

慧修回庵得知，急得跺足，但已无可如何，只得据情飞报东方复旦及费氏知道。夫妇俩得报大惊，查问那丫头时，果然不在家，预备守她回来追究，哪知守到天黑，仍旧不见那丫头回来。知道已漏了风声，只得吩咐慧修回去寻访，一面在家中详细侦要，严密究问，才知自己随侍书童和那丫头是私订终身的未婚夫妻，当慧修来报后，书童得知主人要严办那丫头，将小姐着落在丫头身上，书童寻思，怕他未婚妻回来受责挨苦，因想："在此做奴，没甚出息，不如乘乱里卷上一笔现款逃到外方去通知未婚妻不要回家，两人即日在外面成亲，有现款做本钱，往别处开铺子做买卖，强似在此伺应得多。"因即跑到账房内，假托说奉主人命令，要立刻支取三千两现银往外间去采买物件。账房不知是诈，因平时东家用款，无论数目大小，皆是令书童传话来支取的多，用便条手谕支付的简直很少，所以毫不猜疑，即便将银箱开开，付给三千两银票现款。

书童收款后，径行出府，一口气跑到他和那丫头预早赁定的房屋里去寻找那丫头。本来这所房屋是他俩在小姐出家后密商赁定的，准备在有相当的机会时，或明禀主人，好使他俩正式告辞了职务，成就夫妻，即在那房屋里成婚居家。或是设法，二人同时分内外两起，一卷主母的衣服、首饰，一卷主人的现款，逃走出来，即在那房屋内秘密同居。

当时二人秘密赁定房屋后，即暗中各拿出体己来，置办了些动用木器、床橱、桌椅等，无不俱全，因为情热，已先在那屋内成过了好事，并且相约幽会，亦已不止一遭。二人对于这秘密屋宇守口如瓶，绝未向人说过，故无人知。其时书童估量："未婚妻（名曰未婚，而先已定情，无以名之，名曰先行交易，择吉开张。哈哈）定必将小姐救在那屋内，所以一口气即跑到那秘密房屋里来（如以上海人所俗称之小房子比拟之，则可称相同）。"果然不出所料，那位光头小姐（趣甚）正在那屋内床沿上坐着，低垂粉颈，隐隐哭泣。丫头正在旁低声劝慰，见他到来，珏英欲待回避，书童已将怀中银子悄悄递与丫头，上前向小姐请安，并和丫头俩老着面皮，向小姐明言其故，请小姐原情恕罪。

珏英闻言，不由心中有感，流泪叹气（盖暗恨智不及二人），也只得含羞安慰二人，命二人放心。忽然想起，低问丫头："西门小凤少爷，据你说接信后出了家，究竟是在本城哪家庙内？前此因在庵中，不好细问，现在你可将情形告我知道。"

丫头回道："这话我也是他告诉我的，提说起来，真很伤心。我俩常在背地里说起，你二位何苦都削发出家（他者，指书童也，我俩则明言已与书童也，阅者识之），何不也学我俩呢？我俩是底下人（奴也），如被破获了，尚怕被主人严办。像二位是嫡亲骨肉，只要生米成了白饭，便破获了，主人亦无法可施，难道还怕主人肯自己抓破自己的脸不成（非怪小凤、珏英，正是惜恨之也）？真正何苦来。我俩给二位想，实在太犯不着啊。不过那么样一来，稍耽着名罢了。但是只要从一而终（此即其本人之主旨），人家谁敢乱放个屁，在背后讥议呢？反正二位自己的自由幸福已能从此争得了，人家即飞短流长，亦无关痛痒（不畏人言，今世此等人极多。呜呼！此世风之所以日下也）。"

珏玉红涨着面皮又问道："你且休发议论，快告诉我，西门少爷在何处庙宇出家（盖已有动于衷而急不暇择矣）？"

丫头未答，书童已代回道："好叫小姐得知，西门少爷在未接小姐的信前，即亦已和小姐往日在公馆里时一样如醉如痴，染了疾病。自从接到小姐的信后，在他自己的书斋里痛哭失声，经姑老爷、姑太太两位老人家再三劝慰询问，少爷都不肯说。后来忽然背着姑老爷、姑太太两位在书斋里写下禀信，说自己已看破红尘，即日削发出家。也和小姐一样，将一条大辫子剪下来留在家中，立即携带银钱出门走了。说也真巧，恰好彼时小的正和他遇着，见他神色有异，遂暗暗尾随在他后面，见他跑到一家估衣铺内买了一身黑灰色布僧衣，又跑到鞋铺里买了双黄布僧鞋，匆匆跑到剃头铺里，将头发剃光了，脱了长衣，换上法衣，并将鞋子换了，出剃头铺，将鞋子赏给乞丐，跑到当典内，将长衣质了钱，当票撕碎，即跑到本城昭通寺内去挂单。

"那时小的跟着，因想要看个究竟，所以情愿在衣铺、鞋铺、剃头铺、当铺门外久候，直跟他跑到昭通寺，看他走到知客堂内去和那寺中知客相见。真也亏他，居然能畅晓释典，熟悉和尚挂单的规矩，诈称是在某处庙中出家，因未往名刹大丛林求过戒，所以无有度牒，要求那知客容许他挂单。知客疑他来历不明，但又因他言谈不俗，规矩不错，不好回绝，又不敢做主留他，却去回禀方丈。那方丈老和尚亲自出来视察问话（虚写慧业与西门小凤见），即微笑点头，留他在寺内做客师（微笑点头，写慧业有深心，妙甚）。小的守他挂单成功，才悄悄回转公馆。因在外时久，当被主人责问，被小的扯谎混过，当日即暗告诉她（丫头），叫她报知小姐。小姐问西门少爷，如要与西门少爷通信或见面，小的情愿为小姐奔走效劳（书童等能推己及人，不可谓非善于用情）。"

珏英听罢，心中一动，即问二人自己如扮作和尚，可还能充得过去。二人见问要笑，却强挺着嘴忍住，仔细朝珏英望了又望，回说："也还充得过去，只是脚太小，耳环眼孔，没有喉结，眉目太秀，须得想法才好，否则易被别人看破。"

珏英闻言，即请书童到外面去买一双僧鞋及高筒僧袜，并一袭僧衣，颜色务要与自己的身上不同。

书童道："鞋袜大，怎好穿呢？"

珏英道："不妨，你尽管去办。"

书童点头答应，即在屋内化装，扮作了一个老头子，更换衣服，出去照办（书童甚细）。回来交与珏英。

珏英脱下脚上鞋子，在那新袜子头上塞紧了棉花破絮，连脚上袜子穿将进去，再穿那双新僧鞋。从墙壁上撕下些零碎纸张来，分贴了两耳的环眼，用墨涂了眉毛，污掩了秀气，更换了身上僧衣，命书童引导着，同往昭通寺去，访会西门小凤。于路上问明书童，西门少爷的法名叫作什么，书童回称名唤知觉（小凤盖以知觉罗汉自命欤？观其名可知）。

主仆到得寺门前，珏英即命书童自回。正是：

无独有偶情场事，悲喜玄奇变幻多。

毕竟东方珏英到昭通寺与西门小凤见面后，如何结婚，几酿人命，结果怎样，请读下回分解。

修竹庐主人评曰：

　　或读本回有疑于西门、东方表兄妹间何其恋爱之方，不能善为自谋，且先太觉羞愧，不敢明白各自言其忱，后太觉颜厚，居然敢任意径行，似作者于下笔时太欠商量，殊为疵点。予笑释之曰："此正是作者悉心斟酌，为恋爱过程中人写其遭际经历也，盖初腼腆者，正是小儿女之本来面目，后之不忌者，正是饥渴已深，不自觉其失之过甚也。世有经历于恋爱途径者，读本回当能表深切之同情，而了解作者用笔之深刻。"

　　书童与侍婢通，此固官宦人家习见之事，唯其预先设谋，并赁屋在外居处，则为较少者耳。书中写书童之化装老人，虽未明写其如何装束，然已不啻明写其筹划已深且久，故得归时各事齐备，绝少慌促。

　　东方复旦之信宠费氏，听其言而畏其威，盖亦积渐使然，非一朝一夕之故也。世不乏有季常癖者，孰非因爱悦而生畏哉？故君子凛履霜坚冰之戒，而作防微杜渐之谋耳。

第十八回

警顽固凭佛法神权
除妖魔仰刀光剑影

诗曰:

剑气凌霄射斗牛,鬼魅遭逢顷刻休。

今世倘得多侠义,狐鼠横行早无忧。

宇宙清明朗照彻,那得到处闻咻咻。

但愿寓言成事实,扫尽妖氛永讴歌。

话说主仆俩来到昭通寺门首,珏英即命书童自回,不必在此守候。书童漫应着("漫应"二字着眼)。

珏英整了整僧帽、僧衣,缓步走进寺门,来到知客堂内,求见了知客僧,说是来访会客师知觉和尚的,请求代为转达。知客将来僧看了两眼(写其留意),即说:"请坐,容去转请。"也不请问上下来意,即刻匆匆出知客堂,向内走去。

珏英只道他是去请西门小凤,哪知知客僧并非去请那个化名知觉和尚的西门小凤,却是飞步赶紧走到方丈内去,回禀慧业禅师,说:"有个少年俊美的和尚来访那位挂单在寺的客师知觉,果然不出

217

方丈的忖度，请方丈法旨，如何办法。"

慧业点头微笑道："你去传知知觉，就说本师唤他，休说别话。即去知客堂内招待来僧，不可多问他的来意，只回他知觉师在方丈内和方丈有公事未完。守公事完毕，即出来相见，务请稍待。如来僧面有愠色，不耐守候，要告别而行时，你务必将他留住不放，守本师的法旨，或是请他进方丈里来，或是请他到客师知觉的房内去，临时再酌（读者至此，目迷五色矣，真奇幻不测之至）。"

知客僧领了方丈言语，即去照办。

西门小凤在客师僧舍里正临窗小坐，仰视承尘（承尘：屋瓦及望砖也），默然若有所思。知客僧走到他面前，他还不曾觉得（写其心有所思，传神之笔）。知客僧心中暗佩方丈的慧眼果然不差（两句果然，盖暗写本寺方丈在前已计及也），怕吓了知觉，故意先干咳了一声。小凤着了一惊，见是知客僧来到，即起身迎接。

知客僧道："知觉师，方丈法旨，命请师父就到方丈内去，说有话和你面谈。"

小凤惊疑道："方丈请我去，有什么事呢，师父可知道吗？"

知客僧道："不知有何事故，但命贫僧就请师父速去。"

小凤应声是，即便立起，同知客僧一齐走出客舍，两下分手。知客僧往外面去，小凤却往方丈里来谒见当家师，合十行礼："请问当家师唤贫衲有何法旨（语甚客气，是客师与寺僧人等相晤口吻）？"

方丈挥手命立在一旁的沙弥等人一齐退将出去，吩咐不许立在檐下窗外窃听（写得闪烁可疑）。一面合十还礼，说："知觉师请坐。"

小凤称谢坐下，慧业从蒲团上下来，走到窗口，伸头向外望了望（写得闪烁可疑之至），才回坐到蒲团上，低声对小凤道："知觉师，你的心上人来了，现在外面访你，你当如何办法呢（妙在含混，言之不露出来）？"

218

小凤陡听"心上人"三字，不由一惊，但却安定着答道："方丈法旨，贫衲不大了解，贫衲既已出家，早已脱却尘缘，五祖所谓'身是菩提树，心为明镜台'，贫衲早已深明此义，不敢再作尘想，何能再有'心上人'三字呢（用禅语代答，是非小凤不能言也)？"

慧业笑道："知觉师果已了解五祖偈语时，当即早用光明拳打破痴迷膜了，何必定要出家呢？本来家就没有，更何用出（忽谈经典，禅理博甚)？况且'菩提本无树，明镜亦非台'（亦借用经典成语以答之)。知觉师果能真明此义时，绝不至说再作尘想，再有'心上人'三字。知觉师，你道本师此言对不对呢（语语直刺其心，真乃妙人妙语)？"

这几句话正刺中西门小凤的心怀，哪得不惊骇失色？便要镇定，也镇定不得了，不禁呆望着慧业，一时回答不出（写得出，画得像)。

慧业笑道："知觉师，你的来历和你的苦楚，本师早已知道，你又何必瞒我（"我"字响极)？本来人非太上，谁能忘情（忽提"情"字，天惊石破)？不过情之为物，至大至广至博，真可谓包罗万象（老僧居然谈情，匪夷所思)，但凡人生天地间事，谁能脱离'情'字范围？至于忠孝节义，那才是情之正轨（抬出四字为纲，喝破他出家意)。情之极处，如果为儿女之私（直刺其衷，咄咄相逼)，那却是情之最小，情之纤微（此为普天下因儿女私情而衷者告)。知觉师，你不用瞒我（又正告之)，本师于你来时即已窥知你的隐情，预料必有今日，故此不曾明言。如今果然应验，人已到此，所以本师将你请来，当面劝告。从来不顾父母之养的，谓为不孝，况且你因为儿女私情悲哀恨恚，激而出家；不顾父母之养，不问先人血食，自诩以为善于用情，情有独专，总算此心耿耿，可以对得起心上人了，而不知正是不善于用情，为名教罪人。本师的话，知觉听了，以为如何呢（言简意赅，足令小凤憬然省悔)？"

219

这几句话，小凤听得恍如晴空霹雳，知道方丈已尽晓其事，难再隐瞒，尤其是不顾父母之养、不顾先人血食、为名教罪人数语，最足使小凤心惊，不由幡然悔悟，几至感激涕零，不由伏地和南（拜也），自陈罪过，愿听法旨。

慧业忙从蒲团上下来，将他扶起，笑说：“知觉师，老僧当你来时即已看出你是富贵中人，绝对不是出家修行之士，知道你另有隐情。况且你双目红肿，泪痕宛在，发辫新剃，衣履皆新。更兼本地口音，绝对可知你是当日才剃发，更明知你不是从别处到此的挂单的客师（明言当日一见即知之故）。当即由本师亲出寺外，暗暗打听，才知你的本来面目。因为令尊、令堂见你留书出外，料定你系往外路（小凤之所以不出别方者，其意亦在使父母不防也），所以并不曾派得力的家下男女仆人到本地各庙仔细探问。当天来本寺询问的仆人只问有无一个少年公子来寺出家，不曾问有无和尚来挂单（西门凤起夫妻寻访小凤之事借口叙出），故此不曾问得消息（小凤之所以先自剃发，意亦在此也）。当日本师曾访得令尊、令堂因你出家在家哭泣，忧急万分，本师念我佛慈悲方便，不忍坐视，故于当夜即施法力，派遣金甲神人示兆与你堂上双亲，说不久即当回来团叙，安慰他们勿忧。现在已到了你还俗回家的团叙时期，所以本师才明言点化你，使你知道。你既省悟，那是再好也没有的了。”

小凤闻言感泣，叩首方丈慈悲。

慧业又说：“你的心上人已亲到本寺来访你，你俩既初时心心相印，各因不能结亲都逃入空门。现在她既来会你，你二人正可成就一对儿光头夫妻。百年好合即从今日为始，乃是天成佳偶，你俩都可不必害羞。依本师做主，可就先在本寺居住，随后由本师设法疏通你们两家人，自然前来接你们回去正式成婚，你意下以为如何（当代答曰固所愿也，哈哈）？”

220

小凤闻言，不由喜出望外，叩首称谢，请问方丈来人在何处。

慧业即将知客来报的情形告知，命小凤即往知客堂内去与来僧相见，不可说破。即说本师奉请，邀他同到方丈里来。

小凤欢喜应诺，即到前面知客堂去，一会儿引了他表妹同进方丈里来。

慧业见面后，即借用禅语安慰珏英几句，劝她在本寺客师僧舍小凤住的房内与小凤同房居住（读者不可误会，同房并非同床），并说："在十天之内定必可使你两位两家的家长省悟，到来迎接。"

二人叩谢过方丈，当由慧业呼唤沙弥进来，命去传集本寺有职事的僧人齐到方丈与二位客师厮见，并命知客僧好生款待二位客师。

知客僧虽不能详知底蕴，但从方丈当日的举动，及前后吩咐的言语上推测，已确知这两位少年客师有些来历不明，料知定有别情，一经想入非非，不由腹中暗笑（想入非非，和尚思凡矣，为之绝倒），遂即微点首应命，招待二位往客师僧舍里去。

表兄妹的一向的情愫，到此方得畅叙衷怀，虽因在僧舍里清净佛地不敢真个魂销，但已能遂心如意地望梅止渴（四字妙极）。

看官们，你道慧业用什么方法可以使东方、西门两家家长回心转意呢？

原来当西门小凤留书出家后，西门凤起夫妻俩虽心中感伤，但是西门凤起因有些书呆子色彩，所以对于儿子的举动却大不为然，认为不肖，主张狠狠心，只当作小凤已死，绝不许着人寻访小凤回家。只是夫人东方氏思念儿子，不忍当真不寻访小凤，所以暗暗着家人打听，但亦无有消息。东方氏忧思之余，果然患病，即在病时梦见金甲神人示兆，说小凤并未走离本地，虽已出家，但不久即可回来完聚。东方氏醒来，以为是心思致梦，不足凭信，但才睡熟，又梦兆如前，因此才肯相信。

过了些时，西门凤起在睡梦中忽然梦见他的先祖、先父当面严责他，不该不将小凤寻回，顾念先人血食。并说："如不照办寻回，定使家中不安。"凤起醒来，因生平不信鬼神（不信鬼神可也，不信先人之言不可也），故此绝不置意，亦不告诉其妻，哪知连梦如前。东方氏亦得到同样梦兆，对丈夫说知，凤起方才稍有一些相信。但因小凤违背庭训，反而要自己去寻他回来，顾全祖宗血食，心中实不愿（倔强得亦有理由，是书呆子情形），所以于家中请下祖宗龛来，祭祀祖先，祷告心意，要求祖先去警诫小凤（妙甚，趣甚）。哪知正在叩头，忽然略的一声，祖宗的牌位忽然从龛内一齐倒跌下来（神奇之至），吓得凤起连连叩头，不敢倔强，说愿去寻小凤回来，并愿设法为小凤娶内侄女东方珏英为妻（着了道儿）。说也奇怪，祷告才完，那些牌位忽然又一齐直立起来，依旧复回原状（不由得你不信，妙妙）。凤起见此情形，不得不信，几乎吓得吐舌。祭祷毕后，仍将祖宗龛回置原处，立刻分派家人出去寻访小凤的下落。当夜又梦见祖宗示兆，说小凤在昭通寺内，命就去接回来（慧业用法术，用暗写）。

第二天，凤起只得自率家人去接，哪知去迟了一步，小凤和珏英二人已都先被东方复旦派家人来接了回去，遂赶到东方家去。

原来东方复旦及费氏二人在前几天亦和西门凤起家一样，梦神见鬼。东方复旦不信，费氏因平素与珏英不睦，所以虽曾做梦，却故意不对丈夫说，因此夫妻俩均如无事一样。两三日后，东方家中的怪异事件竟比西门家中多至数倍，一切物件会不移自动，人会陡然被打，回视并无有人（写法术可怕），最后忽然费氏发寒发热，病势十分厉害，被邹氏鬼魂附住她的身体，要她还自己的女儿（法术可怕）。东方复旦被闹得心惊，不得不信，遂在家请僧道做法事，驱妖鬼镇宅（先为妖魔作引）。一面许愿寻访女儿回家，准定嫁外甥西门小凤为妻方才得告平安。费氏并被邹氏附着，说出珏英下落，系尼姑冒充和尚在本城昭通寺内挂单，与小凤外甥同居，命就去接回来，择日嫁与小凤（法术可怕）。东方复旦只得答应，因此忽然打定了主意，决计访求法师到家驱除妖鬼。一面在家中各处满挂上八卦，满涂上黑狗血，一面打发家人到昭通寺去接小姐，不许明言，只许诈称和两位客师是亲，因受他两家家长的请托，劝他们两位回家还俗。

家人去后，东方复旦又命别个家人："守小姐回来时，用绳索勒死了她，免得出乖露丑，被人议论。表兄妹通奸，免得被米家知道。"家人领命，预备好绳索。不多时，去接小凤、珏英的家人已将二位用轿子接了回来，直抬到内宅下轿。二人正待含羞带愧地拜见请安，东方复旦已喝令家人们动手（读至此，当为珏英担忧）。家人们拿起绳子，正要动手，忽然一阵昏迷，身不由己地失去知觉，竟合力用绳子绑缚东方复旦及费氏本人。吓得二人狂呼救命，家人们竟不理会（法术神奇，可怕可爱）。反是小凤、珏英二位看着不忍，上前喝住家人，将二老解救。二老竟如被鬼附体一般，自言自语，哭笑胡闹了半天方才止住，那些家人亦同时如梦初醒（法术可怕）。

即在此时，西门凤起已是赶到，见了这般状态，不由大为惊讶。小凤上前拜见父母，请安请罪。凤起先命小凤坐了自己的轿子回家，一面自己与复旦内家各道经过情形，商量善后办法。事已如此，无奈只得不顾表兄妹做亲的嫌疑名誉，定了吉日，为子女完姻。新郎新娘因蓄发不及，只得临时用假发代替。但复旦为怕被米家知道，只得推说嫁与小凤的是第二个女儿。

当时这件奇事竟轰动了定番州全城（总结上文一笔），大家只知其然，而不知其所以然。只有慧业和尚腹中暗暗好笑，成就了一对儿才子佳人的美满夫妻，心中十分快乐。

即在这年冬天，定番州外山内忽然真的出现了个妖魔，刮风吐雾，布云下雨，飞沙走石，吮血食人，公然指挥山中的苗瑶蛮夷向汉族民家劫财掳人，鼓动了那些番民称兵造反，掠村镇、烧杀奸淫，进攻州城，声势汹涌，十分浩大，骇得城外人民纷纷进城避难，死亡遍野，哭声震天。官兵开城迎敌，屡战屡败，只得派人进省求救，一面闭城坚守，无如被那妖魔派遣妖兵每夜从空中飞进城来，杀人放火，乱到天明才退。官兵虽然忠勇，怎奈难敌妖法，故此每夜无不因救火拒敌疲于奔命。

慧业禅师初时知道，因本人已经洗手出家，不愿再开杀戒，以为有司负责，定可无妨。后来见兵官难敌，人民涂炭，不由动了恻隐之心，因即亲自去见知州总兵，情愿助战。遂于晚间携带兵器，前往城头上去等候妖兵飞来迎头痛击。

当晚初更以后，忽见从城外飞起一阵黑云向城上飞来，慧业见了，念声"南无阿弥陀佛"，将手指一弹，从指甲内飞出两道剑光，晶莹雪亮，夭矫直上，蜿蜒盘旋，迎着黑云飞去，横冲直撞，将黑云冲成数处。慧业又立在城头上，口中不住地念咒，伸手向城外番夷连放了几个掌心雷，如同火炮般响震，震得那些苗夷吓诧骇怪，不敢仰视。同时天空黑云中的妖兵已全被飞剑斩尽杀绝，纷纷跌落下地。守城军民看见，一齐大喜，精神陡长，勇气百倍，遂即开城出击，大呼杀敌，无不以一当百，杀得那些生番峒苗大败而逃。正是：

失魂落魄丧家犬，追奔逐北得胜军。

究竟慧业如何斩除妖魔，请待下回再写。

修竹庐主人评曰：

慧业之成全才子佳人，布置周密，允称多情种子，而

224

论禅理经典，扩大情字，足醒世之妄谈儿女私情者棒喝。

以慧业之利用白莲教种种法术成全一对儿佳偶，引起妖兵之残杀，是为作文之正引法。

世有以邪术而正用以济世者，慧业之所为是也，宜乎其日后克成剑仙也。

写官兵奋勇，非写官兵，盖暗写文总兵之训练有素，故得成为劲旅也。然此仍为文中宾之宾，宾之主则文人瑞也。

第十九回

平苗乱老衲助官兵
扶灵枢小侠归梓里

诗曰：

> 峒苗番夷逞凶焰，涂炭生灵欲并兼。
>
> 倚仗妖法侵城郭，结集乌合起狼烟。
>
> 将兵虽各殊死战，赳赳干城卫围边。
>
> 若非释子飞剑助，定叫败死难保全。

话说慧业禅师因不忍坐视人民流徙、生灵涂炭，故此大发宏愿，往见总兵知州，陈述愿助战破贼。总兵知州大喜，遂即传令军将："准备今晚杀贼。"

当晚，果然妖兵被慧业的飞剑所斩，苗蛮、瑶民、生番等贼兵又被慧业的掌心雷所震骇，军心散乱，毫无斗志，纷纷溃退。总兵在城上看见，传令开城出击，兵将等一鼓作气，杀得苗蛮等大败而逃。官兵在后追袭，斩杀生擒，为数极众。

正当将兵大获全胜、追袭叛逆之时，忽然迎面来了一队妖兵，装束奇怪，形容骇人，兵器亦与众不同。为首一人，骑坐在一头卷鼻白象背上，披发仗剑，身背葫芦，口中吐着黑气，黑气中喷出火星来，让过了溃败的番兵，迎阻住清兵，奋勇冲杀过来（读至此，几如读《三国演义》七擒孟获文字）。官兵见此奇形怪状，一齐大骇，不敢争锋，只得又向城中败退。慧业在城头上看见，知道象背上指挥贼兵的人略是苗兵中的酋长，精擅妖法，自称妖魔天君的贼首（名称怪极，与《水浒传》《三国志》一样），遂从城头上飞跃出城，连蹿带跳，跑到那队妖兵面前，迎着那妖魔天君，将手一放，霹雳一声，先将那人口中的黑气火星冲散，接着又念了数遍咒，连向妖兵放了几个掌心雷，震得那队妖兵惊诧骇顾。

那妖魔天君本系湖南辰州西溪一带的苗蛮，因从一个游方的道士练得一身绝顶的武艺，又在石洞里求得辰州符，故此善能治病，并通各种法术，遂仗着本领游行西南各省的山中，专与生番的土司、酋长、洞长等交游，治病传武。因欲夺占地方，联合各省山中的苗瑶族、生番等起兵，攻城夺地，故此游说各地酋长，约同起义，许以事成以后，共享荣华。他因见酋长等都存着观望之意，遂即亲自在定番州左近山中首先纠合苗、瑶等族部落发难。于发难之先，特用妖法兴云下雨，飞石走沙，吮血杀人，一则卖弄他的本领；二则示威，又自立名号，称为妖魔天君。果然苗、蛮等畏威，无不服从。当时汉族的人以讹传讹，将"天君"二字遗忘，只说是山中出了妖魔，指使苗子造反。

慧业于发愿剪灭此次叛乱之先，即已详细打听，知道他的来历及真实本领，故于一见面后即先用掌心雷震骇了他手下的兵丁，遂又将手指一弹，飞出两道白虹般的剑光来，向苗蛮等杀去，顷刻间接连杀死了三十来个蛮子。妖魔天君不懂得飞剑，只道也是什么妖法，可以用法术抵挡，于是急将背上的葫芦盖揭去，从葫芦里抓出一把红绿豆来，念咒向空一撒，变成了许多恶神相似的天兵天将，

227

从空降下地来，尽力向官兵杀去。

慧业对于白莲教中的一切法术，早年曾从闲云和尚完全叨学过，于这种撒豆成兵的法术，乃是末技，毫不为奇，见他在自己面前卖弄，这真好比在鲁班门前掉弄大斧，不禁哈哈大笑，遂即念念有词，喝声疾，将手对那些变成杀来的天兵天将一指，反而一齐反身杀回本阵内去。一面慧业又指挥着两道飞剑向妖魔天君及他手下兵将杀去。妖魔天君不知飞剑的厉害，以为自己练就铜筋铁骨，绝不会受伤。哪知白光飞向他的头内一绕，可笑他连"哎呀"两字都不曾嚷得出，即已呜呼哀哉，身首异处，死在白象背上了。苗蛮等见头儿已死，哪还再敢恋战？呐一声喊，慌忙夺路逃跑。可怜互相践踏，死伤枕藉，遗弃尸身，沿途均是。官兵乘胜又复在后紧追，直追到山中，四面放火烧山。

慧业眼看苗蛮死亡太多，太背上天好生之德，因即传言请总兵发令，令军将停攻。

收队回城后，总兵、知州等官将叩谢慧业助战之德，意欲详请上司奏报朝廷，请旨奖封。慧业极力辞谢，文武官将才允不详细呈报禅师的杀贼之功。慧业回寺后，特率全寺僧人在寺中建醮拜忏，共做四十九日水陆道场，超度那些阵亡的兵将及被难的人民早登彼岸，永离苦海。

及至文人瑞父母双亡后，主仆俩寄居在寺内，文人瑞除去每日白天往附近的书房里读书之外，暇时在寺中仍旧不忘所好，练拳足，使枪棒，绝对不曾停止过。

那日偶被慧业撞着看见，深爱他活泼玲珑，再看他生得品貌端庄，满面正气，料定此子将来定必不致误入歧途。因念他与自己颇有缘法（处处以"缘法"二字为因果），自己生平从未收过徒弟，现时虽曾将些武艺择本寺的僧众中贤良正直之辈酌量传授他们些，但亦

228

不过如少林寺达摩祖师传习僧众武艺的用意一般，完全是重在护教（达摩传少林僧徒武术用意重在护教，此为一般人灼知），并无一人可以完全传自己的本领（读书至此，不禁兴才难之叹）。细观此子，颇具慧根，很可传自己的武艺剑术（当曰孺子可教，其喜可知）。

慧业既存此心，遂于运功、练气、诵经、烧丹、治药、铸剑余暇，不时指点文人瑞些拳艺门径。恰好文人瑞秉质聪敏，颇能闻一知二，只须略一指点，即能十分了解，因此格外使慧业爱悦（师之喜弟子聪敏易教，古今人无不皆然）。慧业为慎重传授起见，深恐真实本领误传恶劣子弟，将来贻害地方，流毒社会，故此对于文人瑞的言谈举止不时留意观察。

如此经过了很久的时日，觉得文人瑞品行纯正，极合学剑法的道根，因将文人瑞唤到方丈里，对他说明本人的传授爱悦之意，命他对佛顶礼，立誓受戒，即从当日为始，正式教授文人瑞的武艺，将文人瑞以前所学的各种武艺完全推翻，重新由基本功夫教练，先由《易筋经》《洗髓经》《八段锦》、剑法、内功、太极拳、罗汉拳等做起，使文人瑞将武艺的根基立好，即从太祖长拳教起，将各家各派的拳术、各项兵器的武艺完全按部就班地逐一传授。

如此练有五年，文人瑞已有十六岁了，凭着他聪明肯学、勤习苦练，在这五年岁月中，已将各种长短兵器的武艺完全练成，并能精娴纯熟，疾捷迅速，身目手步，无不胜人十倍。

慧业即于这年加授他的剑法，从舞剑击刺入手，渐由冶铁铸剑传授到化剑为丸，吞吐导引，藏剑于口鼻指甲之内，用时只消张口一吐，或从鼻孔中一哼，或将手指一弹，即能将剑光飞出，夭矫直上，状如白虹。足足练了两年，方才能将剑术练成，使用自如，能心到剑到，收放进退，高下疾徐，无不如意（竭力写文人瑞之学剑法）。

慧业见文人瑞年已长成，本领又已学就，心中亦觉得颇符古人得英才而教育之意，十分快慰，因对文人瑞道："现在你已长成，常言'死者以入土为安'，你父母的遗骸至今仍浮厝在本寺内舍里，你应即日偕同梅孝，扶柩回籍安葬，才是为人子之道（师劝弟子孝道，是为良师）。"

文人瑞领受师命，当即与梅孝计议扶柩回籍安葬的办法。商议决定后，即便偕同梅孝亲往各处寅伯、年伯等家，并进省城去呈报当局，告知即将动身，特地先来叩谢历年来的照料德惠，并叩别辞行。那些人家因念文总兵在日的交谊，所以平时间地其遗孤很能格外照应，此刻见文人瑞来辞行，便又相约致送程仪。

文人瑞并在寺内先期择日补行追悼，做道场，为父母超度。同时地方人士因念文总兵当年保护地方的劳绩，特又相约先期同到寺内来祭奠追悼，致送奠仪，临时又纷来执绋，致送程仪，直送到城外，方才各自散归（此非闲文，实系作者劝世人须为好官）。

文人瑞命梅孝押着车马、灵柩、行李等件先行，自己又赶回城内，亲往本寺叩谢师恩，及各职事僧人与全体和尚等众平时照应，及连日辛苦。谢罢作别，再往各家去叩谢。踵谢毕后，已将天晚，匆促出城，赶上梅孝等一行，即在前途住了店，胡乱进食，早早安息。次晨即又赶路。

如此一路水陆舟车趱程前进，行程多日，才由贵州境内来到四川境内，从川省顺流东下，沿长江来到安徽，赶往皖北合肥原籍，亦先在庙宇内暂厝，于报过地方官，寻访过宗族亲戚人家，即在那寄柩的庙宇内择期为父母补行追悼，建醮设奠，然后才出殡，至祖坟安葬，并将祖坟修治，植树筑圹。各事完毕，梅孝因职务已经终了，才向少主人告辞，回家去与老妻、壮子、幼孙等阖家人口团叙。文人瑞叩首拜谢，并从厚致送酬金。

当时文人瑞初回原籍，因无住宅，故权在庙中借住。及至出殡之后，因被众本家怂恿，遂搬到本族祠堂内去住，将随身带来的款子，除被各本家商恳借去之外，都存在祠堂内生利，自己身边只留得少数银钱。不多时，文人瑞因要使用，遂向各本家讨取，哪知各本家一齐都不承认，赖得清清楚楚。回来向祠堂内管事的本家支付存款时，那管事的本家亦板起面孔，说："你来时并未交过我款子，现在叫我拿什么给你，你想是和我开玩笑（观此已可知各本家是预先约定的诡计），否则即系你记错了，存在别处，却把张家帽子戴到李家头上来了。请你重想想看，记记清，我是不曾收过你的款子，不信，你瞧我所管的祠堂内银钱进出的账簿。"说罢，要拿钥匙开账箱，拿账簿给他看（文人瑞出世遇骗，却是被自家人算计，真匪夷所思）。

文人瑞闻言，气得发昏，已知众本家是预先联络好了计策，遂冷笑道："好（怒极而至于冷笑，一个好字，如闻其声，见其色），你既不曾收得，当然账上没有，那何用看呢（索兴大方）？"

说罢，带怒回房，寻思应付之方。一转念间，即定了主意，决计拿他们开开玩笑，警诫警诫下回。正是：

画龙画虎难画骨，知人知面不知心。

究竟文人瑞用何方法惩戒众本家，请待下回再写。

修竹庐主人评曰：

慧业用白莲教的法术破妖魔天君之法术，可名之为请君入瓮。

妖魔天君之名色，与《三国演义》中七擒孟获时朵思大王等名色相似，岂南蛮之风气迄于清代仍尚未开耶？有心人读本回文字，当无不知普及教育之万不可缓矣，邦人君子，其速图之。

读本回苗族等叛变与用法术等事，与《三国志》所载，可谓无独有偶，今古一辙。

法术之所以判分邪正，全视乎施法者之所为为转移，施法者行为正直，每用法术，处处以不背仁义孝悌等美德为依归，成仁取义，则施所传法即邪亦正。反是其法虽传自如来太上，而用之以祸国殃民、背仁弃义，则即正亦邪也。君子曰："不仅法术为然，即推而至于万事万物，亦何莫不然？"吾于本回，不禁有重感焉。凡能了解邪正之分野者，则于修身齐家治国平天下之大道，思过半矣。

"缘法"二字是本书之大关键，故柳之于道悦、殳大成、马准、文人瑞等，沐大公之于高凤、董福通等，沐时雨之于文正，文人瑞之于慧业，老成之于柳侠孙、慧业之于文人瑞等，盖皆基于此两字而成因果也。谚云："有缘千里能相会，无缘对面不相逢。"吾读本书，而益信斯二语为非谬。

文人瑞之本领学成后，其艺究如何，此读者之所亟欲知者也，故本回即折入文人瑞受本家之绐，而为其毕生从事侠义事业之发轫焉。

慧业得白莲教之法术，利用之以助官兵破苗夷；文人瑞亦得慧业之传，于后文助官兵平捻匪。师徒之所为，先后辉映，俱垂不朽，是可知即得邪法而能善用之于正者，则邪术亦正有大造于人也。故君子曰："法不误人人误法耳！"术何邪之有哉？

第二十回

欺心赖债遇神偷
报仇雪恨有剑侠

　　话说文人瑞从定番州搬柩回籍安葬，葬事完毕，本拟动身，作各省区的长距离旅行，俾得增长阅历，访会贤能，切磋学问，以遂自己学武的壮志初衷。只因被各本家的甘言攀留，情不可却，当即被怂恿着搬到本族祠堂内去居住。皆因文人瑞此番从定番州回来时，将先人所遗的产业，除去不动产仍请昭通寺代理外，现款都已带回。只怪他年少，入世未深，心直口快，无意中将真话流露出来，遂被那些本家深知其事，所以大家才劝他住在祠堂内。守他住在祠堂内后，即纷纷向他借贷，借贷之外，又劝他将带来现款存在祠堂内交付祠堂内管事的族人代理生利，以免坐吃山空。

　　文人瑞年少，未经世故，不知各本家都并非好意，遂即依从。哪知现款借给本家及存入祠堂以后，众本家即都各将狠恶的狰狞本相显露，一齐赖债不认。文人瑞受此教训，才知受给，心中怒恨已极。但因财已落于人手，木已成舟，无可如何，只得空发一回恨。因为都是本家，打官司告状犯不着，如打杀他们，亦太忍心，故此只得打落了门牙往肚内咽，怒恨在胸。

过了些时，文人瑞因手头现款已无，向债户讨取，都不承认，受激颇深，不能再忍。遂于这天晚间，破题儿第一遭地实践他的高来高去本领，前往各家去偷盗现款。凡是有现款在家的本家，无一幸免。接连几日，已将各本家逐一偷遍，所有借去的现款已陆续将要完全偷回，同时并将祠堂内管事的本家半夜里扮神装鬼，狠狠地惩戒了他两次。各本家因连日失窃都是现款，衣物一概不动，毫无偷儿来去的痕迹，彼此在相见时互道其事，所遇正同，无不惊奇。打听本地别姓人家都无此事，因此有人疑心到文人瑞的身上，先于家中现款上用笔打花押，并打硬戳做了记认，等到夜间失去，即于次日暗暗到祠堂内来，守文人瑞出去，私地里偷开文人瑞的箱子查看，果然在箱内发现了原物。于是即去悄悄通知各本家，商议对付文人瑞的计策。大家恨文人瑞刺骨，但又都不知文人瑞是怎么偷窃了去的，疑心他是会得什么搬运的法术，所以大家商量多时，都怀着三分惧怯，一怕他是会得妖法，二怕他是会得武艺，不敢再出主意得罪了他，因此竟议无结果。但又为切身的利害，怕他从此老偷不已，于是遂由一个本家名唤文人祥的想出一法，请大家公决，说是写一封匿名信，交由信局里，送给文人瑞，指破了他的偷盗行为，使他自己知惧（此计简直可称没法儿），一面叫祠堂内管事的本家下逐客令，逼他搬家，"如他不怕，并不迁移，我们可联名同到县衙报案，指名报他做贼，只要我们大家各在现款、银锭、银洋上做下暗记，便不怕他赖（此法尚差强人意）。"大家闻计，齐称妙法，遂即照计办理。

文人瑞当日回祠堂后，管事人即向他明言要积粮食，房屋不敷，请他搬往别处居住。次日又接信局（按：其时洋钱已有，邮局尚未办，但信局已有，故书中所言甚合）送来信件，还要了送力才去（趣甚，此与今人用欠邮资信件寄与受信者一般有趣）。拆开看罢，不由好笑，语说："正要你们知道。"因想着："他们既已明白，定于现款上做下记认，须防上他们的算计。"因即决定动身，离去合肥，并于动身之日放了个起身炮（三字趣甚），往各本家家中去，除偷现款外，并将首饰也偷了些，也从信局各寄给一封匿名信，责他们不应先生欺人之心，所以失窃，乃是报应，劝各人从此休再做昧良之事（即以其人之道还治其人之身，妙妙）。

文人瑞动身离合肥后，在邻近各县将所偷的首饰先后往当铺里质了钱，即将当票封在信内，各从信局寄回，给原主取赎（本家可称欲想损人反害自己）。

由此后，文人瑞即凭仗本领，游历各省，到处见有不平之事即便暗中惩戒强霸、援救贫弱，很做了许多侠客快举。壮游南北，经时三年，每年春季各回原籍扫墓一次，但并不在合肥耽延，即又动身，故此那些本家并无一人得知。等到知晓，已来不及会晤（写文人瑞行踪飘忽，可喜）。三年均是如此。

文人瑞其时已二十一岁，因念师恩，且欲理问在定番州的产业，遂又回到定番州昭通寺来。师徒相见，快慰非常。

慧业不待文人瑞回禀，已知他别后的行为，所以见面后即深致嘉许，留他在寺居住，勉励他以后须本着前此的公正行为，继续努力侠义事业，切不可日久玩生，改变宗旨，自误前程。一面命他整理产业事务，劝他以先人嗣续为念，早日成婚；一面又将所会的法术完全传授了他，切嘱他不可乱用。

文人瑞拜领师训，学精法术，即又拜别动身，往各处去行侠作

235

义。因在路上遇见一位拳师，彼此言谈投契，遂订深交。

那拳师名唤翁仁侃，力挽文人瑞到他东家邴逢春家庙中去，畅聚几时。文人瑞遂好与之偕往，到得庙中，翁仁侃将自己的两名徒弟唤出来拜见文人瑞。那两名门徒非是别个，就是上文柳公侠逃离瓦口隘，到邴家家庙中借宿，遇见文人瑞时见着的邴时和、世泰兄弟俩。当时翁仁侃留文人瑞在庙，畅论拳棒，互相钦佩。

翁仁侃有个胞妹，年已三七，尚未字人，不仅生得容貌姣美，品行端庄，为人温和贤淑，而且自幼随从父兄练就一身武艺，寻常百十来个大汉休想近得她的身。这时翁仁侃因见文人瑞尚未聘娶，遂即自为乃妹作伐。

文人瑞因师命早日婚娶，成家立业，见翁仁侃英雄正直，深信其言非虚，遂即应允，于是即与翁仁侃商定，决往翁家入赘。翁仁侃当即回家预备，文人瑞亦回定番州去取款，回到邴家家庙内，与翁仁侃会见，即择吉行聘，往翁家招亲。蜜月之后，文人瑞即同了新妇动身回合肥原籍，祭祖展墓，后又回到定番州，拜谒恩师，即在定番州租屋居住。住有两月，文人瑞夫妻同到翁仁侃家去探亲，不料翁仁侃即于文人瑞夫妻到他家的前三日，被仇家用计所害，剜去一目，斩去一手，刖去一足，成为残废。见文人瑞到来，即拜托文人瑞两件事：一件即是托他代自己充当教师教授邴家兄弟俩武艺，免他俩半途而废；一件是求他代自己报仇。

文人瑞当即答应，问明仇家的所在，即日就去代翁仁侃报了仇怨（为内兄办事，当然格外快，何况是知己乎？一笑）。回来送翁氏回到定番州家中去后，即往邴家去代理教师，当遇见柳公侠时，文人瑞已教邴家兄弟俩的武艺三年了。即于柳公侠别后的明年，邴家兄弟俩武艺练成，文人瑞辞了代理的教职，别过翁仁侃，回定番州，又与翁氏同往合肥去祭扫坟墓。

恰巧其时皖北一带捻匪揭竿起义，与太平军（俗称长毛）互相援应，声势极其浩大。当时在合肥附近起事的捻匪首领名唤李大个子（名氏如此，其人可知矣，宜捻匪之易灭也）。其人身体高大，武勇冠群，本系当地的一个最大的流氓头儿，平时行为不端，无恶不作，手下党羽极多，所收的徒子徒孙总共不下万人。"大个子"三字本是他的外号，至于本名叫作什么，反而无人知道。当时他因受捻子的勾结，及太平天国天王洪秀全的委任，遂号召徒党，在合肥附近起事，杀人放火，奸淫掳掠。所过之处，无不毁成丘墟（行为如此，岂能成事？此捻之所以易亡也），连将村庄集镇攻破了数十处，集聚乌合之众，约一万人，分路来攻合肥城池。各地烽火不绝，哭声震野，难民载道，死亡狼藉，合肥城中一夕数惊（写得声势可骇）。

文人瑞夫妻回籍扫墓，却不料适逢此难，耳闻难民传说捻匪的种种暴行，真个是言者伤心，听者酸鼻，不由将文人瑞的侠义心肠激动，决计为故乡父老兄弟剪灭来犯境的这一支捻匪，以安闾阎。正是：

法术施处妖魔灭，剑光到时匪首亡。

究竟文人瑞如何在合肥家乡拒剿捻匪建立奇勋，请待下回再写。

修竹庐主人评曰：

本书主脑虽系于沐、柳，而归结功行，则端推两文，故沐时雨得从文正，柳侠孙即拜到于文人瑞之门，综其离合，作大章法，匠心构思，运笔乃得天衣无缝，巧合自然，斯诚非侩下者流所能望其项背也。

先写慧业之助剿妖兵乃系为文人瑞助剿捻匪作引，此

237

固读者所能共知，而写文人瑞之拜师学剑等事，乃系为其后来出家悟道张本，隔年下种，则非读者之所能知耳。然以文人瑞从慧业游，为其日后出家作引，乃系正引法，读者尚易觑知。若夫以文之偷盗本家借去款项，而正引其远行任侠，则殊非读者所能见及，于以知作小说难，读小说亦不易焉。

文人瑞初回定番州见师，师已知其在外所为，加以嘉许，此非作者故示神奇，或为漏笔。实系作者暗写慧业此时已能悟道，护阿罗汉果，具慧眼，不待来人陈述，而已知其所为，盖此乃作者预为后文慧业之得成剑仙张本也。

写慧业即系写文人瑞，亦即系正写柳侠孙，而反射沐时雨及李文荣、文华兄弟也。明乎此，然后能知小说之层层相因法。

捻匪之在当时，亦为过去革命团体之一员，唯惜其所行为，每多不轨于正，且其首领诸人才识亦远不及太平军领袖，故其覆灭至速，仅予皖淮一带人民留一不良之印象，而诟谇衔恨，至今未已而已。观于李大个子之名号，及其徒党之所为，君子固已知其必败矣。世有欲从事于非常功业者乎？当以捻为鉴也。

第二十一回

真孝子庐墓卫遗骸
大侠客飞剑斩贼酋

诗曰：

多行不义必自毙，古训昭然世共知。

奈何欲做大事者，民为邦本反诈欺。

如此暴行岂能久，不待蓍龟亡无疑。

寄语后人须注意，爱民虐民成败基。

话说文人瑞夫妻回籍扫墓时，正值其时各地刀兵四起，皖北一带捻匪揭竿兴兵，攻城夺地，杀官纵囚，与太平军互为声援，合力敌对清军。

当时捻匪因分子庞杂、良莠不齐，故此虽然声势浩大，足令清兵往来疲于奔命。但是乌合之众，究竟不敌清军曾经训练，所以易于覆灭。假使其时捻匪无有太平军援应，或竟不能支撑局面至累月经年之久，亦未可知。因为捻匪中的统帅首领大半都是些不学无术的人物，远不及清军剿捻的将帅，如巡抚李鸿章，提督军门张树声等人的将才（忽然夹叙一段平捻的闲文，以证当时事）。如今且不言当年清兵平捻的事，单叙文人瑞在合肥原籍独力杀退万余捻匪、捍卫先人坟墓、保护地方的一段惊人的侠义故事（抛下一边，单写一边）。

却说文人瑞夫妻回到合肥，循例即先在城内住了客栈（"循例"二字，盖暗写以前皆如此），往街坊上去备办祭品香烛纸箔等件，回店折叠锞锭，盛入纸扎的箱库内。收拾完备后，又照例往馆子里去预订了一桌酒席，于第二天雇人挑了酒席祭品等件随同他夫妻俩往他家祖坟上去祭扫。祭扫后，一行人众即随他夫妻俩同往就近他家祖坟的坟主家去。当时文人瑞夫妻拜会坟上，致送礼物，拜谢坟主平时照应祖坟的劳务，即将祭过祖坟的酒席在坟主家中请坟主阖家及雇请了来挑酒席祭品等件的几个人，一齐在坟主家中吃了，当又送给坟主些银钱，算是给他做平时修理坟墓及今日煮饭的米钱。

酒饭毕后，一行人众才又随从他夫妇齐回进城到店内，各领了被雇的工钱散去，照例文人瑞于扫墓之后第二天或是第三天即便收拾动身，离去故乡。因为怕居住多日被那些本家看见，所以向来不肯多住。此番却不然了，因为其时捻匪已在左近地方起事，本地风声正紧，文人瑞因在路上即已听得难民口述，说捻匪的行为颇多暴虐，匪中简直好人少歹人多，如来攻打城镇的这一股捻子是好人，那还遭劫难小；如系歹人，那可就不得了了。因为捻子到来，守地的清兵被他们打败了，清兵溃退时，必定有一部分败兵沿途抢劫，地方上先就受了惊慌损失。捻子到来，又必烧抢奸杀一番，地方上损失已更大了。清兵救兵开到，复又反攻。捻子败走时，又必烧抢奸杀一回。清兵初到，又老实不客气地乘火打劫，借着搜查匪党为名，施行敲诈。捻子退走后，得到救兵，复再进攻。清兵退时，顺手牵羊。捻子来到，也要再抢。如此一进一退，地方糜烂不堪，加上当地的歹人，无一回不趁势抢掳，子女玉帛无不为其目的物。大家小户无一幸免，所以兵荒人祸，地方上遭劫最大（几句写尽兵匪乱时之糜烂情形，此仁人之所以非战而主息争也）。兵匪、流氓等除去搜劫民居以外，每多掘发古墓，及大户人家的坟茔，暴露尸骨，盗取棺内的衣饰（此最足使文人瑞夫妻闻而惊心，读此一段文字，抵得一篇兵灾区难民文）。

文人瑞在路上即已听得这许多说话，深恐祖坟亦被兵匪之劫（是孝心表现，故关心最深）。到合肥祭扫坟墓后，见祖坟幸尚无恙，心中安慰了许多。祭扫后，因听得捻匪李大个子一股即将到来，本地人民凡是富有之家能走得了的，都正在忙着收拾细软，雇舟车搬往别处去避难，贫寒人家走不了的亦正在忙着躲藏的方法，和帮着本地官厅兵勇保守地方城池，城外的乡民逃进城来，预备避难的人络绎于途，日夜不绝。地方官已经下令戒严，搜查十分细密，深恐有奸细混入城来，内应外合，攻打城池（五花八门，有声有色）。

文人瑞夫妻住在客店里，见此情形，不禁为祖坟担忧（不为本身打算，而为祖坟担忧的是纯孝），怕先人坟墓遭殃，尸骨暴露，因此夫妻商量，决计冒着危险，同到祖坟上去结茅为庐，住在祖坟上好就近保护先人遗骸免受残害（文人瑞孝思，不愧是孝子，翁氏相夫有道，不畏难苟安，是贤夫妇，人格至可钦敬）。议定后，即于祭扫后回城的这天，在城内备办砖瓦木料，又去籴了两石米，买全应用物件，于次日早，清算店账，央人挑了，同到城外坟主家中暂住，雇请工匠在祖坟旁树林内建造了一进草屋，将祖坟四面用泥土碎砖、碎石砌了道很高的围墙。文人瑞夫妻出双倍的代价，央求工匠们日夜赶工，因此不到三天，已将房屋围墙等完全造好，夫妻俩即从坟主家搬到坟院草屋内居住。文人瑞为求牢固起见，特又在附近山上运用功力，将山上的大石块搬运到围墙里来，四面叠好，与围墙一般高，双层厚，以防兵匪等冲破土墙攻进来，又防兵匪用火箭射进来放火，复又进城，备办大批铁杆、铁丝，回来在四面墙头上植铁杆，将铁丝结成密细的网，缚在铁杆四面及树屋顶上，连火星都飞不进来。又用几只大水缸挑积了几大缸清水，备饮料、防火患（布置周密，足抵一篇防御工程学），连日成夜地夫妻俩辛苦忙碌，布置方才完备。

捻匪李大个子已召集徒党在合肥邻近村庄乡镇上起事，旗号一举，徒党即于当日在各乡村镇纷纷响应，到处放火杀人、抢劫奸淫。当日四乡杀抢未已，李大个子即已分数路扑攻城池，人喊马嘶，金鸣鼓震，烽火连天，哭声遍野。文人瑞夫妻在坟院内目睹火光，耳闻哭声，不禁悲惨落泪，欲往火起之处杀贼救人，又怕顾了别处，反将祖坟失却照应，只得坐视不救。

第二天，捻匪已有一队杀奔重叠文家祖坟的左近地方来，打从坟外走过，见了围墙，以为里面定有财宝，更恐有清兵埋伏在内，因即在四面攻打喊杀。为首的更指挥部下用石炮向那围墙上的木门冲击。文人瑞见贼匪已到面前，即令翁氏在内守门，自己却由树上将预留的一处活动铁丝网掀起，飞身出去，挥刀砍杀。那些毛贼见他从上而下，只道是天神下降，疑惊未定，已被砍死了几名。及至看出是人时，已死伤了十来个（写得迅疾之至，恍如砍瓜切菜）。呐喊上前迎敌时，无不立刻伤亡，骇得慌促大呼逃走。为首的见了，亲自来与文人瑞交锋，才交手即便仰刀而亡。余众格外惊惧，立即拼命奔逃，自相践踏，又伤亡了几个。被文人瑞飞跃到匪众的前面，拦阻去路，复又杀死多名。匪众慌忙四散逃奔，又被文人瑞追杀了十来个，才回转坟院内去。

匪众经受了这场大败，飞报与李大个子知道。李大个子大惊，遂即亲率一千多名凶恶勇猛的徒党杀奔到文家坟院上来。文人瑞早已料定，正饱餐了预备厮杀，闻得外面喊杀声音，不待匪队近前攻打，即开门出外等候。等到匪队将到面前时，即纵身飞跃过去，迎头砍杀。此番来的这一千多名捻匪，可不比得先来的那班没用毛贼了，大半却是会得武艺的人，见了文人瑞，即吆喝着迎住厮杀，四面团团围住，将文人瑞困在垓心。

文人瑞奋起神威，接二连三地砍杀了二三十名。匪党虽然心惊，但都死战不退。文人瑞越杀越勇，杀有两个时辰，约将匪徒杀死了八九十名，但仍冲杀不出重围。李大个子因见自己人死亡太多，心中大怒，跳下马来，高声喝令众人四面守住，亲提蛇矛向前与文人瑞交战。那蛇矛十分沉重，文人瑞不敢大意轻敌，因见来人身体比众高大，料定他是李大个子本人，遂喝问来贼名姓，李大个子边杀边说了自己姓名。

文人瑞见果然正是贼首，心中大喜，忽将单刀破枪的本领使将出来，将李大个子的枪法（丈八蛇矛，即系长枪之一种，其艺与枪法相同，故用单刀破枪）逐手逐路地破去，遂又将刀法变换，一刀紧一刀地杀去。李大个子的枪法本来是精熟神妙，寻常从未有人能和他斗到十合，此刻见来人居然能将枪法逐一破去，不禁心中有了几分慌乱，心中一慌，手中的枪法自然而然地迟慢了些。加上文人瑞的刀法变换，左右前后地不住上下跳跃，竟将李大个子杀得眼花，招架不及，早被文人瑞跃在他背后，砍中了一刀。文人瑞满谓这一刀定可将他砍死，哪知这一刀砍中了李大个子的背脊，李大个子衣服虽被割破，人并不曾受伤，反而将刀口卷了，碰射了回来，震得右臂酸麻，手腕疼痛。如非执柄紧牢，几乎撒手扔刀（写李大个子亦至不弱）。不由猛吃大惊，知道李大个子练有金钟罩铁布衫的硬功，非可用刀剑伤他，遂边用手中单刀招架，边将手指一弹，将藏在指甲内的飞剑嗖一声飞射出去。李大个子正因背上被砍了一刀心中大怒，头上冒火（不畏惧而冒火，写捻匪首领身份，一笔不漏，细甚），狂吼一声，正用蛇矛向文人瑞前胸直刺。却不料迎面一道白光飞来，耀得眼睛张不开来，说时迟，那时疾，李大个子尚未觑清飞来的白光是何物，那白光已飞到他的头项内来。李大个子只觉得冷气逼人，白光一绕，那颗斗大的脑袋已被那寒冷的白光斩落在地，特别高大的身体亦向后跌倒，死在人圈儿的肉围墙内了（"肉围墙"三字，名词甚新）。

匪众见头儿已死，吓得齐声呐喊，一齐拥杀向前，大叫："杀死这小子，给俺们李大哥报仇（写得甚细，是众捻之凶恶者，不是初来的毛贼）！"

文人瑞见众匪居然敢不退，心中也兀自着惊。因手内单刀已卷了口，遂挺着向一个捻子刺去（利用刀尖），将他刺死。丢去单刀，即顺手夺拾了李大个子的蛇矛，向众人柄打尖挑，横扫过去，舞动如飞，顷刻间将众捻杀死了数十，带伤的亦有数十。又指挥着剑光，嗖嗖嗖，哧哧哧，像割麦一般，亦将众捻杀死了百来名。

众捻到此，才亡魂丧胆，吓得回身奔逃，又被文人瑞从后追杀，杀死数十。守众逃得远了，才收住剑光，扔下蛇矛，回转坟院围墙之内。众捻因首领已死，无人指挥统率，人心散乱，被官兵击杀。不久又被文人瑞在暗中施用法术，帮助官兵，因此在合肥的捻子不久即已被官兵击破，溃窜到寿州等处去，投奔别股捻匪，或投奔太平军，不在话下。正是：

剑光飞去人首落，法术用时匪气清。

毕竟文人瑞暗用法术保护地方人灵，助官兵破捻后，情形如何，请待下回再写。

修竹庐主人评曰：

孝子庐墓以居，昔人寝苫枕块者固多，唯俱在制中。若夫非丁忧而庐墓者，则未之前闻也，是则文人瑞夫妇之所为，尚矣。书曰真孝子，盖褒之云云。

文人瑞之剑术学成后，明写其功绩者，当以本回为其薰本，所以然者，盖以所救者众，足为丰功伟绩，而又以孝思纯笃为其动机也。侠义事业斯为最大，详此而略其他，正所以示崇拜景慕也。

写文人瑞构筑防御工事，一如现代军事家之行军，此固不仅为作者构思，设身处地，虑之周详，实亦全以欲写一"孝"字，故叙之特详耳，明眼人当能知之。

作者伏笔，往往出人意表，如前文柳公侠遇文人瑞于逃师之后，而实已伏笔于首集柳侠孙、李文荣等遇老僧于山巅之时。若本回之杀捻酋，人咸已为突如其来，而不知实已伏笔于首回，叙柳公侠生日为同治三年中秋一语也。以此类推，即可知作者伏笔之奇，其令人不可捉摸如此。

叙侠义事业小说，或别种平话，有引史征信一法，盖借以增阅者玩味信仰也。如本回夹叙捻匪一事，即系此种笔法，唯此种引史征信法，须作者构思运笔，如常山率然，始可。非然者，则等于画蛇添足，不徒未足增重，反使味同嚼蜡。若本回预伏于首卷，是为隔年下种，复提叙于柳公侠拜马准之后，是为马迹蛛丝，至斯乃以捻匪缴足前文零述太平军事，是为画龙点睛，故细思之，殊觉其味隽永。

第二十二回

慕虚荣佳偶成怨偶
用法术逆妇变贤妇

诗曰：

齐大非偶古训昭，从来尾大便不掉。

寄语世人择匹偶，须婚贤淑休攀高。

又曰：

德容言功女训条，岂可恃富把人骄。

菽水荆布安若素，才是闺中真英豪。

话说文人瑞用飞剑斩杀李大个子，独力击破其中坚部队之后，又利用慧业禅师所授的白莲教中的各种法术（法术无邪正，盖视其人之用于正否为判，此等处是警笔）暗助官军，将合肥境内大股捻匪击溃肃清。

当时他夫妻住在祖坟上，直等到皖北一带的捻匪平定，合肥境内已渐复原状，方才将砌就的围墙茅屋、铁丝网、铁杆等拆去，一

246

面赁好房屋，将家搬进城去居住。守到重修好坟墓，复又祭扫一次。

当夫妻俩住在坟院内时，翁氏即已有了身孕，此刻正届足月，故此夫妻俩一时不能即往贵州省去。时日久了，文人瑞的本家贫寒、贵富、死亡、出门的都有，能不变化而仍居在原籍原宅的已不很多（白云苍狗，沧海桑田，人间世之变迁，言之不可胜慨），早已将往日的事完全忘却了。即见了文人瑞的面，亦一时记忆不起，只不过觉得有些面善罢了。故此文人瑞即住在合肥城内，业已不生问题，况且那些本家事后追思，亦各自悔，不该昧己想赖，所以即能记忆认识，因受过警诫，亦不敢过问。

就中有那酒量好的（喻其颜厚），竟装作没事人，和毫无芥蒂的一样，见了文人瑞，竟照旧招呼结交（天下无难事，只怕老面皮，可为此等本家写照）。

文人瑞是位英雄，这些已往的小事虽然记得，但见人家已来招呼自己，毫无芥蒂，当亦将前事不提，照旧相认（怪人虽在肚，相见又何妨，可为文人瑞咏）。

不多时，翁氏已临盆生产，诞生一子，非常肥硕，品貌端方，竟和乃父一般。夫妻俩大喜，因即于故乡大送红蛋，邀宴亲族故旧，洗三弥月，竟亦颇为热闹。

文人瑞至此，忽生感想，遂与翁氏商量，先人坟墓都在此地居住，在定番州每年回籍祭扫，往返颇多不便，不如就此作久居故乡之计。

翁氏本极贤淑，伉俪又极情深，对于"无违夫子"的古训极为遵守（遵丈夫之好言可也，遵丈夫之乱命不可也，世之女子读书至此，须要分清明辨之），见丈夫欲在家乡居住，乃系孝思纯笃，当即赞成。

文人瑞于儿子百岁时（小孩儿生得一百日，俗呼为百岁日），给他取名为家声，以作将来大振家声之兆。因既决定久居合肥，对于居室

247

服用等等遂不得不稍微考究，于是即将往日居祖坟草屋时所置的一切器具完全重购上等木器，字画古玩摆式铺陈亦同时置备，并决计先行迁居较好的房屋，随后再另购房屋地皮。但因往日从贵州省回来，仅带得现款及贵重的衣服首饰，所有在定番州的产业及大宗存款在人家铺子里生利的款项都不曾带回。到家后，经过了这许多时日，现款已用去大半，此次置备木器古玩陈设及搬家等事已经现款不敷。翁氏遂将首饰拿出来交丈夫典兑现款应用（是贤妇人）。文人瑞见不是事儿，遂与翁氏说知本意，即日动身，赶往定番州昭通寺去拜见恩师及全寺僧人，到存款的人家去将存款本利一齐结算提取，并将寺内代理的房产租金收入及田亩中的收入计算清楚，叩别师尊僧众，动身回转合肥，便道到翁氏娘家去拜会内兄、内嫂等全家。住了两日，又到邝家去探望，住了一天，即赶回合肥。

到家后，将现款购买了房屋田地，当先在搬进城居住时即已将老仆梅孝寻了来，照旧供职，帮同处理家事，并命他去雇了两名男女仆婢。此刻已置了产业，现款又丰，因即支付一部分现款交给梅孝，命他父子开设铺子，雇用伙计，即命他父子充当经纪管理店事，做生利事业，一面将新置房屋修葺，搬入居住。因房屋宽大，遂命梅孝再去雇了两名男女仆人来家（有钱做得称心事，于此处见之）。

文人瑞自从迁入新屋后，每日总听见左面隔壁邻居家中有妇女吵嚷叫骂的诟谇声音，初听时以为这家人家闹什么家务，并不以为异（闲闲而来）。日子久了，每当听得，甚或白天吵骂过了，晚间又再听见，半夜三更，竟也听见。除去叫骂的妇人声口之外，还听得稀微的叹气声和哭泣声，并有劝解声、陪话声，颇为复杂。

文人瑞夫妻都不禁生了疑问，遂问男女仆人，可知隔壁这家人家每天吵闹，为了何事。仆人等都是初来，皆不熟悉，都回称不知。文人瑞夫妻遂命仆人等于便中打听，打听知道，即来回禀。当有个精细的仆人，名唤管闲的（可称名副其实），于次日即向左邻的仆妇打听得很为详尽，回禀主人、主母知晓道："这家人家姓洪，主人洪量，是个廪生，从前家产颇称富有，不过近年因遭兵灾穷了。太太韩氏亦系本城富家人家的女儿，生有两子，长子娶媳妇后一年，即已病亡，遗有寡妻孤子。寡媳晋氏，极其贤惠，孤子洪伟，今年才七岁，甚为伶俐。次子洪福，生性温柔忠厚，先前亦是个童生，因为屡考不中，遂改习商贾，在本城开布铺生理，娶妻黄氏，极其不贤，虽然系本地官宦人家的小姐，并曾攻读诗书，容貌比寡媳还要美丽，可称得才貌双全，只可惜在娘家时娇养成性，过门后又恃着娘家势力、自己才貌，对于翁姑极其不孝（两句极其已可想见其为人，俗云女子无才便是德，正是为此辈说）。每天的叫骂吵闹声即是黄氏的所为，说起来真令人生气（冒一句，振起语气）。

"黄氏初嫁过来时还稍微好些，近因洪家家道中落，丈夫考试不中，改做了买卖，功名无望。公公又仅仅是个廪生，不曾做过官，不及她娘家有财有势，故此看丈夫、公婆不起，一意劝丈夫用功读书，投考做官发财。洪福因为家用费大，父亲年老，不能要老人家费神辛劳，所以不从，决计经商，维持一家生活（是个有孝思的忠厚人，可爱）。黄氏嫌丈夫没志气、无用，恨怨父母，不该将自己嫁给洪福，使将来没有做诰命夫人的时日。因见公婆待嫂嫂好，丈夫亦敬重嫂嫂，心中生了妒忌，遂怪公婆偏心，因此每日吵闹，要逼住她丈夫念书求取功名，要求公公去做买卖维持家用。洪量父子无奈，不得已只得（五字可怜）依她，免得淘气，叵耐铺子小、买卖清，年迈人不及年轻人善于谋划经理，因此家用遂日形支绌。黄氏遂主张省俭，除去她自己房内雇用的老妈是由她娘家出钱之外，所有男女仆婢即日一齐停歇，并不许洪伟上书房，省去学费（该打）。家中粗细事务，烧煮洗晒都由韩氏、晋氏婆媳做活儿，她本人应做的事即

249

命老妈代做，老妈除做她房内的活外，别事一概不问（该打）。洪量回来，她即盘问公公的账目、买卖盈亏，常用冷言冷语侵犯洪量夫妻及晋氏。洪伟如顽皮触动了她的怒气，即用家法责打，她打，不许别人说；如说，即便吵骂（该打）。现在一家除她本人锦衣肉食之外，公公、丈夫、侄儿皆穿的粗布及破旧的衣服，吃的糙米饭、无盐少油的菜。婆婆、嫂嫂的穿着竟比她房内老妈还不如（该打）。她说丈夫没本事进学做官，没本事挣钱，不如此逼逼他，他不会立志成功（话虽有几分理，但实不应该，宜乎被打也）。又说自己吃用的是娘家带来的，不是他洪家的（该打，今世此等女子正多，读之不可胜叹）。

"这些话乃是小人才从她房内老妈的口中哨探得来的，每天的劝解声是老妈的，哭声是韩氏、晋氏及洪伟的，叹声是洪量、洪福的（分言，一笔不漏）。"

文人瑞夫妻听罢，一齐骂了声混账，连说："岂有此理（如闻其声），天下竟有这等不讲道理的妇人，只要自己穿好吃好，享福受用，忤逆公婆，欺凌孤寡，不顾全家生活，强迫丈夫求取功名，真正狗屁（骂得畅快）。"

翁氏又说："此人可惜我不认识，不是我的平辈、小辈，如认得时，定必打她几十下巴掌，问她改不改过，敢不敢再无理（不平之声如闻）。"

文人瑞忽然笑道："你休为了别人家事气破了自己的肚皮，你且看，总在几天之内，我叫她不敢再吵再骂（忽然笑者，已有成竹也）。"

管闲听了，即问主人用什么法儿可以使她不再吵骂。文人瑞猛觉失言，即笑说道："没什么，这不过是我说的几句风凉话，劝你主母不要生气的罢了。她是妇道，我和她非亲非故，男女有别，又不相识，哪能有方法叫她不敢呢？"

说罢，即命管闲去做别的事，将他支开了。微笑着立起身来往自己书房内去，关了书房门，在内点起香烛，画符念咒，踏罡步斗，连画了十来道符，念了半天咒。念到后来，将符一道道烧了，将化的灰用纸包好，开门天井里向左邻屋上抛掷过去。

看官们，这便是文人瑞使用法术去警诫那个恃娘家财势、仗自己才貌，不孝公婆、欺凌孤寡、侮谩夫君的不贤妇人的作为。正是：

逆妇触恼侠义士，管叫创痛警惧深。

毕竟黄氏所受的法术如何，请待下回分解。

修竹庐主人评曰：

有翁氏贤淑，更有一晋氏贤淑以陪之，是为文中之宾，不厌其重，只嫌其不多也，是非俗笔所能为。

洪量、管闲、韩氏、晋氏，胥无不名符其人，虽人名氏，下笔亦不苟且，是可称运笔精细。

书中写侠义之所行为，各个不同，绝不落一切侠义小说窠臼。如写沐大公、文正、殳大成、马准、牛遵义、慧业、文人瑞等，无不生面别开。而写文人瑞之任侠，尤为别致，匠心独运，最属难能。一为警诫本家，一为飞剑杀李大个子，一为暗用法术助官兵平捻，保护地方，而殿以本回之用法术惩创忤逆，其别有会心，胥足令阅者眉飞色舞，绝非一般时下汗牛充栋之说部所可企及，允堪连浮大白，快哉快哉！

251

第二十三回

遭符咒服罪成贤孝
遵师训出家学神仙

诗曰：

> 法术邪正原无别，全由施者方寸分。
>
> 众生俱能成正果，为问飞升有几人。

话说洪黄氏当日白昼即已忽然觉得身体有些不舒服，头昏脑涨，口渴心烦，到得午后，渐觉寒热交作。她本系官宦人家的千金小姐，身体素来娇惯，俗语说得好："财多身便弱。"黄氏在娘家时即已应了俗语，但因调养滋补得宜，故此还不像普通的富人每月总得服半个多月的汤药，总算差强人意，在她自己亦以为自己的身体比她娘家的男女老幼强胜得多了（忽然叙几句闲文，故意使读者性急）。

她自从出阁以来，初因婆家家道尚好，能够供给她服用补品，身体仍旧和在未嫁前一样，时常欠安，一个月内至少得请五六次大夫（调侃富人不少）。及至近年，洪家家道中落，给她滋补的力量逐渐薄弱了，在她自己忖度，总以为从此身体须得多病，药剂包儿要不离门了。哪知偏偏不然，她竟身体反比从前强健，饮食亦比从前加增了些，竟弄得她有些不解（此虽闲文，然实作者为世人示范，不仅为调侃富人）。

这天，她忽然觉得身有寒热，如在往时，乃是常事并不奇怪，此刻却视为罕有了。本来她小病当大病，痦子当疮害惯了的，平时一觉寒热，即便卧倒在床，呼茶唤水，闹个不休（写娇惯习性如闻见）。此刻却又不同（一不同往时多病，近少病；二不同往日闹而现不闹），睡卧在床，昏沉沉地净怕开口说话，只觉得乏力欲眠，但又眠睡不熟，才闭目即已跳醒了过来，仿佛被人惊醒一样（西医见之，必曰此失眠症矣，一笑）。如此接连好几次，黄氏不耐，欲叫喊时，可煞作怪，却又魇住了，竟一句也嚷唤不出，只是在嗓子里（趣语，谁叫你平时太会嚷），痒得难受。张口要说话，不知如何，忽然变作了咳呛（问你还叫骂否）。黄氏心急，可怜急得满头汗珠直滴，方才挣出几句不清不楚的话来，唤老妈进房，吩咐她倒茶，到她娘家去报告，并延请大夫。老妈领命，即倒茶奉上，出房告知太太及大奶奶。

韩氏、晋氏各吃一惊，忙着齐到她房内来探视。只觉得她有些昏沉不醒，唤了她两声，黄氏忽然一骨碌从被窝儿内爬身起来，向着她婆媳叩头请安，自己打嘴巴，痛骂自己的罪状，恍如被鬼魔住了。吓得韩、晋两氏惊诧称怪，上前将她的两手按住，劝她睡下，一面急命老妈快去到黄家报告，请大夫，并往铺内去请太爷、老爷回来。

老妈去不多时，黄氏的母亲和大夫已先后乘轿到来。黄太太进房到她女儿床前看视时，黄氏忽然又爬起来，朝她母亲叩头请安，自言无病，并说："女儿因忤逆翁姑，欺凌伯嫂、侄儿，得罪了菩萨，才被菩萨将女儿拿了去问罪。"

说罢，忽又改换了声音，喝问她的罪恶，说："你胆敢骂翁姑、丈夫，应该掌嘴！"高声喝打。黄氏即举两手啪啪啪啪在两面嘴巴上打个不休，声音闻于户外。黄氏边叫边求饶"以后不敢"，边两手自打不已（妙绝快哉）。

黄太太大惊，忙上前按住她的手，一面口中祷告，求菩萨恕小女年幼无知之罪，随后当力改前非，孝敬公婆，敬重丈夫。

黄氏忽大声道："你养女不教，娇惯她成了习性到如此地步。嫁到洪家来，'德容言功'四种妇德一样都没有（骂得畅快，今世女子能备此四德者，亦至少且无，嗟吁，可奈何）。照理，该连你一齐责罚，姑念你年老，暂且饶恕，你竟敢代你女儿求饶，真太不知己过。"

吓得黄太太放下手，跪下地去，碰响头求饶（愚妇可笑），韩氏婆媳亦跪地求菩萨饶恕。黄氏不理会，依然打自己嘴巴，直待打得红肿，口中流血，方才住手，指着黄太太道："你且起来，记着，你以后须要严谨管教你女儿，不可再忤逆翁姑，欺侮寡妇、孤儿，抗违丈夫。倘若你事后忘怀，不谨诫你女儿，定不宽恕你。"

黄太太吓得忙又叩头许愿，祈求饶恕。

黄氏冷笑道："神不受私，你为女儿不孝不贤许愿求恕，以为吾神即可看在还愿的分上饶你女儿吗？你真正做梦呢（骂得畅快，此为一班许愿者告），起来！"

黄太太忽然觉得身不由己地竟像被人拖了起来一般，不由吓得浑身抖战。

黄氏又指着韩氏婆媳道："你二位不必给不贤的儿媳、婶婶求恕，快请起来。"

二人才立起身，黄氏忽然回复自己的声音，对韩氏婆媳道："因我不孝不贤，害累得二位代我叩头求饶，实使我不安，请受我一拜，并乞不要怪我。"

说罢，在床沿上砰砰各叩了两个响头，遂又向她母亲叩头道谢，并说："如非母亲、婆婆、嫂嫂三位求情，我定必被菩萨打死。"说

254

罢，竟流泪痛哭。经三人劝住，才扶她睡好。

　　大夫已是来到，同时洪量、洪福父子亦得到老妈报告，一齐从铺内赶回家来。到门首时，正值大夫下轿（照应周到，不然将使韩氏婆媳应客）。父子俩遂上前招待，让请到里面。老妈才从后面赶到（女子之行不及男子速疾，此为普通情形，写来不漏），倒茶奉烟（小说应有时代性，故须顾及书中时事，此类是也）。大夫捧着烟袋，问病人在何处，遂由老妈进房去，将黄氏从被窝儿内扶出外面来，请大夫诊视。大夫按着脉，将黄氏面色看了，问了几句，看过舌头，遂命老妈仍扶着进房去安息。洪福早已将墨磨好，备好笔纸。洪量问先生病势如何，大夫放下烟袋，提笔伸纸，口中回称："老先生放心，令媳的病乃是因身体积弱，饮食过于肥浓，脾胃不和，肝气旺盛，感受时邪所致。现在来势虽然厉害，实际并无大病，只消稍服两三剂药，即可复原。"

　　黄太太在房内听得，亦出房来请问大夫，大夫回称不要紧，黄太太放了心（父母为其疾之忧，信然，奈何世人不孝也）。

　　大夫开好方子，说："吃两帖，不对，再复诊；对时，可以多服一帖，不必换方子，即可痊愈。"说罢，又喝了两口茶，吸了两袋烟，即起身告辞。

　　洪量父子从铺子回来时，即已将大夫的出诊封儿及轿封随身带回，此刻即取出奉给大夫。大夫道谢收了，父子俩直送到门外，守大夫上轿，才回到里面，先与黄太太相见（初时不及相见也，细甚）。互相请安问好，然后再问韩氏、晋氏，问黄氏的病情。洪福亲走进房问黄氏本人，自觉身体怎样。黄氏忽然又改换了声口，大喝道："君有君纲，夫有夫纲，你这小子竟丝毫没有丈夫气，不敢管教老婆，容你老婆违忤父母，欺凌你寡嫂，责打你侄儿，我真给你自己惭愧。现在你已回来，你自己不能振乾纲、管教老婆，我且代你代行职权，打给你看。"说罢，即又自举两手，责打自己的嘴巴（打得痛快）。

黄太太亦随着女婿进房，见了即又抢步上前去按她女儿的手，并叫她女婿叩头求情。

洪福心中虽然奇诧，却亦很觉畅快，所以见她自打，并不上前按住她的手，只因碍着丈母的面，不能不给老婆求情，只得跪地叩头。

黄氏又道："你这人真太不像话，我代管教老婆，你反向我求情，我姑且看在你的分上，饶恕了她。但是此后如你再软弱，不敢管教老婆，定必连你一齐处治，你且起来。"

说罢，黄氏又挣脱了她母亲握住的手，忽然恢复了本来的声音，自陈罪状，申述悔罪。从此不敢再像从前，又爬起身来向洪福叩头，道谢他求情，并说："妾身有罪，反害得你为我屈膝，妾身罪戾更重了。"

说罢，从床上下来，走出房外，向洪量叩头求恕，自陈罪状。慌得洪量忙命老妈将她扶起，并用好言安慰，命她去安息。黄氏忽又挣脱了老妈的手，跑去将家法寻着，到洪量面前跪下，说："儿媳不该无辜责打伟侄，现亦自责，稍轻罪过。"说罢，即将家法狠狠地向自己身上打了十几下，被晋氏上前抢住，夺过扔了。

黄氏又说："我太安闲享福，你们太辛苦，从此亦应做事，免得又多获罪。"说罢，即去洒扫庭除，抹桌椅、洗碗筷。

别人看见，忙欲上前劝阻，说："守你病好再做。"边劝边帮她做活儿，她却又厉声喝止，说："这是神罚，你们岂可尽管劳而无怨？须知人可恕，天不可恕，忤逆公婆，欺凌孤寡，乃是十恶大罪，如不念洪家祖上有阴德，此刻又在吾神面前环求宽恕时，定必追取黄氏的性命，叫她粉骨碎身，才好借她做榜样给世界上一切妇

256

女看。"

黄氏说这番话时，声色俱厉，吓得黄太太、韩氏、晋氏、洪量、洪福等人一齐跪地求神宽宥。洪量因当着亲家母在面前，特地学着妇女们迷信的办法，向神许愿。

黄氏怒笑道："洪量，你是个读书人，难道《论语》上'获罪于天，无可祷也'的两句话都忘记了吗？如果菩萨也受私，许愿即求财得财、求子得子，甚至犯了法的许愿可以逃法网，做十恶罪事的许愿即可没有报应，天下那还了得吗？借你们的口劝告世人，休做恶事，牢记着：'众善奉行，诸恶莫作'八字，敬谨遵守实践，比吃长素、朝山进香、念经拜佛都要强胜百倍。'万恶淫为首，百善孝为先'，许愿是没用的，不但没用，且明明要叫菩萨受私，侮辱菩萨人格，其罪是极大的（醒世良言，调侃不少，愿愚夫愚妇三复之）。"说罢喝问："你们大众可曾明白吾神的话，敢不遵守实践吗？"

众人吓得以头碰地，崩角有声，各称："永远遵守神佛的良言，终身实践，不敢违背，并随时随地劝请世人，一齐同登觉岸，大家都实践'众善奉行，诸恶莫作'的训示（作者深愿世人"奉行众善，不作诸恶"，故言之不惮烦，尚乞世人共鉴愚忱，同登觉岸）。"

黄氏笑道："唯愿你们都能如此，便可成仙成佛。"又说："洪量、洪福，你父子都曾读书，当该记得'勿以善小而不为，勿以恶小而为之'的两句话（此刘先生遗诏中语也），此两言务望你们广劝世人遵守奉行。如能终身实践，不仅本人一生安乐，增寿算、添衣禄，且使福禄绵长，子孙亦受余荫（作者广劝世人，乞读者时刻遵奉焉）。"

洪氏父子叩头答应，说："弟子等敢不谨遵（读者当亦合十答礼遵守）。"

黄氏笑道："只要你们遵守即是，大家都起来。以后黄氏如又故态复萌，你们务要严加制裁，不可违误。"

众人忽觉被人扶起，大家同时身不由己地立将起来。

黄氏说罢话后，又恢复了本来声口，忽觉精神萎顿，浑身疼痛，支撑不住。唤老妈过来扶着，回房安睡，边走边问老妈："我怎么会身上痛得这般厉害？记得我是因身体不舒睡在床上将息的，怎么会在堂前呢？"

老妈将她适才所为告诉了她，服侍她睡下，又问她："刚才的举动，自己可知道吗？"

黄氏竟丝毫不知，但说："觉得似曾被一金甲神人率同鬼卒来将自己捉去，被一位菩萨模样的人审问，吩咐责罚，其余一概不知（妙在恍恍惚惚）。"

黄太太、韩氏、晋氏等亦跟进房来问她的情形。黄氏将己所知说了，反问她们，自己的情形如何。韩氏将她所为说知，黄氏惊惧惭恨，不由大哭。黄、洪两太太及晋氏都温言劝慰她，好生安息。

黄氏一会儿遂睡熟了，恍惚又被金甲神人着鬼卒捉去，用拶拶手，要她招供，具结以后，不再忤逆，勉为贤孝的妇人，才肯放她回来。醒来时，觉两手受刑的指掌上颇痛得厉害，看时，竟都青肿了，不由又惊惧大哭。

黄太太正和韩氏坐在房内谈家常，闻哭惊问怎样。黄氏将情形说了，并将两手伸给婆婆、母亲看。两位太太无不惊奇咂舌。黄太太即劝诫她女儿，快勉强扶病耐痛起来，到堂前焚香叩祷神佛，立愿悔过，求神宽恕。黄氏依言，撑着病体起来，到堂前沐手焚香，叩头默祷，立誓永远孝顺翁姑，敬重丈夫。

叩祷后，回床安睡。又蒙眬睡去，恍惚又被鬼卒捉到神人座前，听受神人许多训诲的言辞，才命鬼卒将她放回。醒来时已在黄昏之后，房内已掌了灯。老妈正将药煎好送来，黄太太、韩氏二位老人家和洪福都在房内，未曾走离。

黄氏流泪坐起，服了药，躺下将梦景禀知她母亲，她娘亦训诲慰候了她一番，叫她向公婆、嫂嫂、丈夫都赔话自认不是，以后改过。黄氏依命，即又照着说了。说也奇怪，黄氏于自陈悔罪改过之后，寒热陡退了许多，身上的疼痛、面上手上的青肿亦都定痛消肿。

当夜黄太太即住在洪家，次日看女儿时，黄氏的病已好了大半，即又忙着请香烛、办供品，代女儿谢神。

到第三日，黄氏病已复原，又拿出体己来请香烛，在家叩谢神佛。从此力改前非，不敢再萌故态。

洪福遂得往铺内经理营业，暇时温习诗书，家计遂日益宽裕。洪伟亦上书房，洪量遂得安闲享福。因家用宽绰，添用了仆人，韩氏亦得安闲，晋氏遂亦得和黄氏一样，不像先前的辛劳。文人瑞家亦从此不再听得隔壁的叫骂声了。

当时合肥城内因有黄氏被神罚的事，作了劝世文，竟警醒了许多不贤不孝作恶好淫的男女（一句证明上文，足以劝世，不仅系余波也），亦同时悔过迁善，成为真正的善信。

看官记清，文人瑞因积有此项绝大的功德，所以他后来能得到慧业的度，白日飞升，修成正果，作阿罗汉（不必有此事，不可无此言）。此系后话（一句撇开）。

且说文人瑞夫妻守家声周岁后，遂同离合肥，往贵州省去。先到昭通寺朝师，理问产业事务，后到翁仁侃家中去探亲。住有月余，才又回转合肥，如此习以为常，每隔三年，夫妻俩即同往贵州省一次。

光阴荏苒，不觉间家声已是二十岁了，秉承乃父的传授，练成马上步下，高来高去，内、外、软、硬、气、劲、功的绝顶武功及剑术、法术。文家声武艺、剑法、法术等虽都已学会练精，但因时世混乱，文人瑞怕家声误入歧途，切戒他求取功名，命他在家接手梅孝父子所开设的铺子买卖，从事生产事业。命他在家侍奉母亲，并因在合肥的资产生利，已尽足家用有余，于是遂将铺子内历年的盈利分出一半来，酬谢梅孝的子孙（不写梅孝已死，而曰酬谢其子孙，是不写之写）。又到定番州去将昭通寺代行管理的产业一齐用先父名义捐作寺产，以报师恩，并为先人留永久纪念。

其时，慧业已将方丈职务传于本寺的监寺僧继任，本人却往雪山去采药炼丹，修仙去了。留言与文人瑞，劝他出家学道，脱离尘寰，并说："将来本师当来度你同登彼岸。"因此，文人瑞于离定番州动身时，即动了出家的意念，回家即忙着托人给家声提亲，行聘迎娶。恰巧于家声娶妇的第二年，翁氏染病身亡，文家声亦诞生了一子。

文人瑞到此心愿已了，遂留言给家声夫妻，说自己出家学道，嘱他夫妻休以自己为念，切勿稍隳先人之志。信写好后，放在书案上，即离家前往昭通寺削发出家，受戒领得度牒后，即往各地云游，朝三山，拜五岳。

那日到得鄢都，因与老成会见，遂即停留踪迹，在金盘山下结茅为庵，编竹为园，植花种菜，烧汞炼丹，修仙学道。那个沙弥并非别人，乃是老成花圃中园丁赵大之子。正是：

　　　　有缘千里来相会，无缘对面不相逢。

毕竟文人瑞因何得与老成相识，结为方外交。那赵大之子果以何因缘得为沙弥，柳公侠与文人瑞见面后曾否得到文人瑞的允诺授剑虹兄弟及侠孙等武艺，李文荣兄弟往北道寻师，曾否寻着。又书中剑侠如道悦、道清、文正、殳大成、高凤、董福通、邴氏弟兄、慧业、文人瑞、老马、老成等侠义，及柳氏一家、沐氏祖孙等人后

260

来结果各何如，都在后集书中详细报告。

下文即有李氏兄弟遇奇人、逢剑侠、回家与柳侠孙比武，及董福通之两孙女比武招亲，赘沐时雨、柳侠孙二人为婿，为两家和解，与李氏、邴氏两家弟兄合立擂台，暨家庭大变、瑶民造反、白昼见鬼、黑夜飞头、亲王嫖院、皇帝偷情、妃子寻死、剑侠保镖、忠臣尽节、孝子死难、烈妇报仇、孙儿救祖等等许多怪异奇妙热闹情节，请看官们稍待，容俟续集出书，即与诸君相见。现在前集完篇，不佞暂与诸位告别。正是：

异闻怪事记不尽，趣史奇情待后编。

修竹庐主人评曰：

此本书前集结穴处也，故写至柳、文相见于小雷音庵，关合到第三回即戛然而止。五十回大书前后贯串，一气呵成，而情事推陈出新，愈演愈奇，允称难能。

文人瑞之出家，读者当其从慧业学武时即已能知之，综其生平，可谓与沙门有缘，幼处于昭通寺，传艺邴氏家庙，结果且祝发修道于小雷音，不可谓非偶然巧合也。何以言之？曰：作者固已屡称缘法矣，即此是也。

写黄氏被符咒后所受情形，恍恍惚惚，确系恰到好处，能使阅者不觉其过火，亦不嫌其简略，妙妙。

借黄氏口中写一篇劝世大文章，是作者编书除鼓吹武化强国原意外之本旨，故详叙于书之末回，俾读者于阅者将毕时，得获无穷之益，具见婆心，唯愿读者遵奉之耳。

跋

　　本书之作，经时颇久，因参考各种国术书籍及构思布局，煞费苦思，始克着笔为文也。

　　迨至编竣五十回时，适逢岁聿云暮，编者寄迹沪江，以文易米。值此年终，不无琐事，正所谓劳人草草，俗务猬集，因此不得不与读者诸君暂时告别，且待来春花香日暖，再当赓续前文，详叙书中人之收场结果。但是话又说回来，究竟本书的后部书中记叙的是些什么事，还有些什么热闹情节，这层，编者在暂作小结束、与读者诸君话别时，却不得不作一简略的报告，俾诸君预知下文的大概。因为本书的编纂主旨，根本是在鼓吹武化，提倡振兴武术，以挽国人文弱不振之颓风，贡献给读者诸君一些拳艺知识的，所以下文仍旧继续着将八法、形意等各种前文未发表图说的拳艺逐一用图说发表出来，俾能照图实习。此外，关于情节方面，自当格外卖力，加倍讨好，将书中人的生平经历、许多怪怪奇奇的事情尽量地详细宣布，以答爱阅本书诸公的捧场雅谊。

　　下文情节的大概，诸如老成与文人瑞所以结识的原因，这原因极其奇特，完全绝对地出人意外，敢保读者诸君于阅览下文惊奇诧怪。至于老成的生平来历，以及与柳剑虹兄弟相交的原因，上文曾说过柳氏兄弟并不知老成会武艺，究竟老成是不是精娴技击的人，这个闷葫芦亦当在下文打破。至于柳剑虹兄弟俩曾做过些什么事，赵大的儿子怎么会在小雷音庵做沙弥，这个情节亦极玄虚，绝对不是可以常情测度的。

文正带沐时雨回去教练剑法，沐时雨的本领已是极好的了，此去当然必有深造的，但在下文却又偏偏不是马上就那么容易即由文正教授，偏有许多诧异的枝节。经过了许多离奇变幻的岔头事，好容易才得从文正学成本领，回家在路上又做了许多惊心骇目的奇情事。

柳侠孙是否得到文人瑞的慨允，收为门徒；究竟文人瑞曾否教授他些什么本领；柳侠孙后来曾否出门；再有李文荣、文华兄弟俩离家往北道上去访师学武，究竟是从的何人，曾学得些什么本领；他兄弟俩在路上来去，是否能平安无事；学武回来后，与柳侠孙比武，究竟是谁胜谁负……

此外，邢氏弟兄、李氏弟兄及沐时雨等后来曾摆过擂台，更有董福通的两个孙女儿及高凤的一个孙女儿亦都摆设过擂台，这两方面摆擂的事，都各有用意，而用意绝对不同，诸君看至此，必以为董、高三女士的摆擂台是比武招亲，哈哈，果真如是，岂不反落了旧小说上的窠臼吗？其实下文书中双方的摆擂台，原因是很复杂的，绝不会如此简单的。

除此外，尚有许多离奇的事，诸如和尚与尼姑结婚，上文已有过一件了，但在下文，却又有一件僧尼结婚的事，情节却与上文完全的绝对不同，曲曲折折，才发生这件奇事。又有恶讼师教唆兴讼及换尸首的奇案，更有因说笑话说出人命官司的奇案，因赌博花会闹成奸淫的怪事。又有台湾籍民仗日人势力夺占产业的事，以及入外国籍，吃洋教抵抗官厅的许多黑幕。更有妓女入济良所的奇闻，与闹新房闹出男代女嫁的怪案。

　　此外，如道悦、道清、马准、郡时和、世泰兄弟、及大成等人的结局，文家声万里寻亲与慧业禅师度悟空上人的事。更有件离奇的杀人报仇命案，不仅使读者们咂舌称奇，即书中人自己亦意想不到。

　　这以上的话是下文书中情节的简略报告，至于尚有其他曲折变幻的许多热闹情节，因限于篇幅，不克多述。

　　总而言之，究竟如何稀奇突兀、热闹曲折，还请待脱稿出书后，看过便能明白。正是：

　　　　究竟壶中藏甚药，且待揭开自然明。

图书在版编目（CIP）数据

现代武学大观. 第二部／张个侬著. —— 北京 :中国文史出版社，2021.3

（民国武侠小说典藏文库. 张个侬卷）

ISBN 978 – 7 – 5205 – 2309 – 7

Ⅰ. ①现… Ⅱ. ①张… Ⅲ. ①侠义小说 – 中国 – 现代

Ⅳ. ①I246.5

中国版本图书馆 CIP 数据核字（2020）第 183518 号

点校整理：清寒树　旷　野
责任编辑：薛媛媛

出版发行：**中国文史出版社**

社　　址：北京市海淀区西八里庄路 69 号院　邮编：100142

电　　话：010 – 81136606　81136602　81136603（发行部）

传　　真：010 – 81136655

印　　装：北京新华印刷有限公司

经　　销：全国新华书店

开　　本：720×1020　1/16

印　　张：17.25　　　字数：200 千字

版　　次：2021 年 3 月第 1 版

印　　次：2021 年 3 月第 1 次印刷

定　　价：63.80 元